U0570459

中央电视台《百家讲坛》主讲人

《中国诗词大会》评委 康震 倾情推荐

诗词经典诵读

《中国诗词大会》图书配套诗词精选

刘冬颖 申作宏 陈虎 编著

中华书局

图书在版编目（CIP）数据

诗词经典诵读：《中国诗词大会》图书配套诗词精选/刘冬颖，申作宏，陈虎编著. —北京：中华书局，2017.5（2018.3 重印）
ISBN 978 - 7 - 101 - 12568 - 9

Ⅰ.诗…　Ⅱ.①刘…②申…③陈…　Ⅲ.古典诗歌 - 诗集 - 中国　Ⅳ.I222.72

中国版本图书馆 CIP 数据核字（2017）第 080230 号

书　　名	诗词经典诵读——《中国诗词大会》图书配套诗词精选
编 著 者	刘冬颖　申作宏　陈　虎
责任编辑	陈　虎　孙永娟
出版发行	中华书局
	（北京市丰台区太平桥西里38号　100073）
	http://www.zhbc.com.cn
	E - mail:zhbc@ zhbc.com.cn
印　　刷	北京瑞古冠中印刷厂
版　　次	2017 年 5 月北京第 1 版
	2018 年 3 月北京第 2 次印刷
规　　格	开本/710 × 1000 毫米　1/16
	印张20　插页2　字数210千字
印　　数	10001 - 15000 册
国际书号	ISBN 978 - 7 - 101 - 12568 - 9
定　　价	39.00 元

诗意人生　源自经典诗词诵读

春暖犹寒，以《中国诗词大会》为代表的文化类节目却蓬勃而出、不断升温。这种热气腾腾现象的背后，反映着大众文化审美的悄然转身。

《中国诗词大会》传承诗词，养育诗心，在浮躁的社会氛围中清流而出，张扬着文化自信与文化风骨。"大江东去，浪淘尽，千古风流人物"（苏轼《念奴娇·赤壁怀古》），诗人的笔下，历史是这般的浪漫雄奇，人生是如此的荡气回肠。历史长河中动人的诗词歌赋，让我们感受到震烁古今的力量，这就是中国古典诗词的魅力！

《中国诗词大会》为我们重新开启了诗词之旅，带我们去重温那些历久弥新的经典诗句。这样的温故知新，可以拂去我们记忆的灰尘，让古人的智慧点亮我们今天的生活。人生自有诗意，这是我们新时期的诗词狂欢！

在青少年获得身心发展、养成并树立正确价值观的关键时期，怎样引领孩子们亲近经典？怎样在体会传统文化的深厚底蕴中汲取精神的养分？孩子们又该如何认识和理解光辉灿烂的诗词经典？怎样培育他们的诗意人生？先师孔子曾说："不学《诗》，无以言。"（《论语·季氏》）事实上，中国历来的童蒙教育，就从来未离开过古诗词的濡染。"小子何莫学夫《诗》？《诗》可以兴，可以观，可以群，可以怨。迩之事父，远之事君，多识于鸟兽草木之名"（《论语·阳货》）。诗词里有浪漫的远方，更有纷纭的当下，而我们从一首诗、一阕词中穿过，感受的是历史与人生的隽永丰厚，唤醒的是对抗粗粝生活的伟力；那里是诗意栖居的念头，是诗性风雅的辽阔——这些才是吾心安处，才是豁然晴天。

中央电视台《中国诗词大会》及河北电视台的《中华好诗词》等文化类热播节目，及相关图书的面世，为现今燥热的社会吹进了一股强劲的清风，让人们在浮华中看到了理性的远方，更为青少年便捷地了解和认识中国古代经典诗、词之美提供了不二法门。由于节目及相关图书中涉及的古典诗、词多属节选，不利于读者完整、全面地了解相关诗词及文化意蕴，所以我们将节目和图书中涉及的三百三十多首诗、词完整地汇集成册，以期为读者诵读古代经典诗、词提供一个优秀的范本。

编者

2017 年 3 月

目　录

唐宋元明清诗词

五言

4

6

9

先秦汉魏晋南北朝诗

周南·关雎

关关雎鸠，在河之洲。

窈窕淑女，君子好逑。

参差荇菜，左右流之。

窈窕淑女，寤寐求之。

求之不得，寤寐思服。

悠哉悠哉，辗转反侧。

参差荇菜，左右采之。

窈窕淑女，琴瑟友之。

参差荇菜，左右芼之。

窈窕淑女，钟鼓乐之。

■《诗经》是中国古代诗歌开端，最早的一部诗歌总集，收集了西周初年至春秋中期共 311 篇诗歌。其中 6 篇为笙诗，即只有标题，没有内容。《诗经》在内容上分为《风》《雅》《颂》三个部分：《风》是周代各地的歌谣；《雅》是周人的正声雅乐，又分《小雅》和《大雅》；《颂》是王室和贵族宗庙祭祀的乐歌，又分《周颂》《鲁颂》《商颂》。《诗经》内容丰富，反映了劳动与爱情、战争与徭役、压迫与反抗、风俗与婚姻、祭祖与宴会，甚至天象、地貌、动物、植物等方方面面，是周代社会生活的一面镜子。

周南·桃夭

桃之夭夭，灼灼其华。
_{zhuó}

之子于归，宜其室家。

桃之夭夭，有蕡其实。
_{fén}

之子于归，宜其家室。

桃之夭夭，其叶蓁蓁。
_{zhēn}

之子于归，宜其家人。

邶风·燕燕

燕燕于飞，差池其羽。
之子于归，远送于野。
瞻望弗及，泣涕如雨。

燕燕于飞，颉之颃之。
之子于归，远于将之。
瞻望弗及，伫立以泣。

燕燕于飞，下上其音。
之子于归，远送于南。
瞻望弗及，实劳我心。

仲氏任只，其心塞渊。
终温且惠，淑慎其身。
先君之思，以勖寡人。

卫风·淇奥

瞻彼淇奥，绿竹猗猗。

有匪君子，如切如磋，如琢如磨。

瑟兮僴兮，赫兮咺兮。

有匪君子，终不可谖兮！

瞻彼淇奥，绿竹青青。

有匪君子，充耳琇莹，会弁如星。

瑟兮僴兮，赫兮咺兮。

有匪君子，终不可谖兮！

瞻彼淇奥，绿竹如箦。

有匪君子，如金如锡，如圭如璧。

宽兮绰兮，猗重较兮！

善戏谑兮，不为虐兮！

王风·黍离

彼黍离离，彼稷之苗。

行迈靡靡，中心摇摇。

知我者谓我心忧，不知我者谓我何求。

悠悠苍天，此何人哉？

彼黍离离，彼稷之穗。

行迈靡靡，中心如醉。

知我者谓我心忧，不知我者谓我何求。

悠悠苍天，此何人哉？

彼黍离离，彼稷之实。

行迈靡靡，中心如噎。

知我者谓我心忧，不知我者谓我何求。

悠悠苍天，此何人哉？

郑风·子衿

青青子衿，悠悠我心。
纵我不往，子宁不嗣音？

青青子佩，悠悠我思。
纵我不往，子宁不来？

挑兮达兮，在城阙兮。
一日不见，如三月兮。

秦风·蒹葭

蒹葭苍苍，白露为霜。

所谓伊人，在水一方，

溯洄从之，道阻且长。

溯游从之，宛在水中央。

蒹葭萋萋，白露未晞。

所谓伊人，在水之湄。

溯洄从之，道阻且跻。

溯游从之，宛在水中坻。

蒹葭采采，白露未已。

所谓伊人，在水之涘。

溯洄从之，道阻且右。

溯游从之，宛在水中沚。

小雅·鹤鸣

鹤鸣于九皋，声闻于野。

鱼潜在渊，或在于渚。

乐彼之园，爰有树檀，其下维萚_{tuò}。

它山之石，可以为错。

鹤鸣于九皋，声闻于天。

鱼在于渚，或潜于渊。

乐彼之园，爰有树檀，其下维榖_{gǔ}。

它山之石，可以攻玉。

陌上桑

日出东南隅，照我秦氏楼。

秦氏有好女，自名为罗敷。

罗敷喜蚕桑，采桑城南隅。

青丝为笼系，桂枝为笼钩。

头上倭堕髻，耳中明月珠。

缃绮为下裙，紫绮为上襦。

行者见罗敷，下担捋髭须。

少年见罗敷，脱帽著帩头。

耕者忘其犁，锄者忘其锄。

来归相怨怒，但坐观罗敷。

使君从南来，五马立踟蹰。

使君遣吏往，问是谁家姝？

秦氏有好女，自名为罗敷。

罗敷年几何？二十尚不足，十五颇有余。

使君谢罗敷："宁可共载不？"

罗敷前置辞："使君一何愚！

使君自有妇，罗敷自有夫。"

东方千余骑，夫婿居上头。

何用识夫婿？白马从骊驹。

青丝系马尾，黄金络马头。

腰中鹿卢剑，可值千万余。

十五府小史，二十朝大夫。

三十侍中郎，四十专城居。

为人洁白晰，<ruby>鬑鬑<rt>lián</rt></ruby>颇有须。

盈盈公府步，冉冉府中趋。

坐中数千人，皆言夫婿殊。

■ 汉乐府诗是继《诗经》《楚辞》之后，中国古代诗歌史上出现的一种新诗体，其作者涵盖了帝王、文人、平民等社会的各阶层，呈现出旺盛的生命力。宋代郭茂倩编《乐府诗集》，将汉至唐的乐府诗搜集整理，分为12类，两汉乐府诗主要保存在郊庙歌辞、鼓吹曲辞、相和歌辞和杂歌谣辞中，其中多为东汉作品。

白头吟

皑^{ái}如山上雪，皎若云间月。

闻君有两意，故来相决绝。

今日斗酒会，明旦沟水头。

躞蹀^{xiè dié}御沟上，沟水东西流。

凄凄复凄凄，嫁娶不须啼。

愿得一心人，白头不相离。

竹竿何袅袅，鱼尾何簁簁^{shāi}！

男儿重意气，何用钱刀为！

行行重行行

行行重行行，与君生别离。

相去万余里，各在天一涯。

道路阻且长，会面安可知？

胡马依北风，越鸟巢南枝。

相去日已远，衣带日已缓。

浮云蔽白日，游子不顾返。

思君令人老，岁月忽已晚。

弃捐勿复道，努力加餐饭。

■《古诗十九首》是汉代作品，非一时一人所作，一般学者认为大致出于东汉后期。南朝梁萧统从传世无名氏"古诗"中选录风格相近的十九首，编入《文选》，题为《古诗十九首》，后世遂沿用这一名称。诗歌内容多写游子的羁旅情怀、思妇的闺愁，以及士人的失意彷徨，有些作品体现出追求富贵和及时行乐的思想，是汉代文人五言诗的重要代表作。

西北有高楼

西北有高楼，上与浮云齐。

交疏结绮窗，阿阁三重阶。

上有弦歌声，音响一何悲！

谁能为此曲？无乃杞梁妻。

清商随风发，中曲正徘徊。

一弹再三叹，慷慨有余哀。

不惜歌者苦，但伤知音稀。

愿为双鸿鹄，奋翅起高飞。

注："鸿鹄"也作"鸣鹤"。

青青河畔草

青青河畔草，郁郁园中柳。

盈盈楼上女，皎皎当窗牖。
yǒu

娥娥红粉妆，纤纤出素手。

昔为倡家女，今为荡子妇。

荡子行不归，空床难独守。

迢迢牵牛星

迢迢牵牛星，皎皎河汉女。

纤纤擢素手，札札弄机杼。

终日不成章，泣涕零如雨。

河汉清且浅，相去复几许？

盈盈一水间，脉脉不得语。

明月皎夜光

明月皎夜光，促织鸣东壁。

玉衡指孟冬，众星何历历。

白露沾野草，时节忽复易。

秋蝉鸣树间，玄鸟逝安适。

昔我同门友，高举振六翮。

不念携手好，弃我如遗迹。

南箕北有斗，牵牛不负轭。

良无盘石固，虚名复何益？

明月何皎皎

明月何皎皎，照我罗床帏。

忧愁不能寐，揽衣起徘徊。

客行虽云乐，不如早旋归。

出户独彷徨，愁思当告谁？

引领还入房，泪下沾裳衣。

短歌行

对酒当歌，人生几何？

譬如朝露，去日苦多。

慨当以慷，忧思难忘。

何以解忧？唯有杜康。

青青子衿，悠悠我心。

但为君故，沉吟至今。

呦呦鹿鸣，食野之苹。

我有嘉宾，鼓瑟吹笙。

明明如月，何时可掇？

忧从中来，不可断绝。

越陌度阡，枉用相存。

契阔谈宴，心念旧恩。

月明星稀，乌鹊南飞。

绕树三匝，何枝可依？

山不厌高，海不厌深。

周公吐哺，天下归心。

■ 曹操（155—220），字孟德，沛国谯（今安徽亳州）人。曾参加镇压黄巾起
义，后起兵讨伐董卓，又击灭袁术、袁绍，成为北方的实际统治者，位至大
将军及丞相，封为魏王。其子曹丕称帝后，追尊为"武帝"。今存诗 22 首，
多为四言，多用乐府古题写时事，反映东汉末社会动乱、抒写宏大的政治抱
负等，风格苍凉悲壮，有跌宕慷慨之气。有《魏武帝集》。

观沧海

东临碣石，以观沧海。

水何澹澹，山岛竦峙。

树木丛生，百草丰茂。

秋风萧瑟，洪波涌起。

日月之行，若出其中；

星汉灿烂，若出其里。

幸甚至哉，歌以咏志。

龟虽寿

神龟虽寿，犹有竟时。

腾蛇乘雾，终为土灰。

老骥伏枥，志在千里。

烈士暮年，壮心不已。

盈缩之期，不但在天；

养怡之福，可得永年。

幸甚至哉，歌以咏志。

蒿里行

关东有义士，兴兵讨群凶。

初期会盟津，乃心在咸阳。

军合力不齐，踌躇^{chóu chú}而雁行。

势利使人争，嗣还自相戕^{qiāng}。

淮南弟称号，刻玺于北方。

铠甲生虮虱，万姓以死亡。

白骨露于野，千里无鸡鸣。

生民百遗一，念之断人肠。

七哀诗（其一）

西京乱无象，豺虎方遘^{gòu}患。

复弃中国去，委身适荆蛮。

亲戚对我悲，朋友相追攀。

出门无所见，白骨蔽平原。

路有饥妇人，抱子弃草间。

顾闻号泣声，挥涕独不还。

未知身死处，何能两相完？

驱马弃之去，不忍听此言。

南登霸陵岸，回首望长安。

悟彼《下泉》人，喟然伤心肝。

■ 王粲（177—217），字仲宣，山阳高平（今山东邹城）人。"建安七子"之一（另外六位是孔融、陈琳、徐幹、阮瑀、应场、刘桢），被誉为"七子之冠冕"；与曹植并称"曹王"。以诗、赋见长，风格慷慨悲凉。有《王侍中集》。

七步诗

煮豆持作羹，漉菽^{lù shū}以为汁。

萁在釜下燃，豆在釜^{fǔ}中泣。

本自同根生，相煎何太急？

■ 曹植（192—232），字子建，曹操第三子。年少时即表现出卓越的才华，受到曹操宠爱，几被立为太子。因曾封陈王，谥为"思"，故又称"陈思王"。其诗歌汲取民歌的精华，风格清新，语言绮丽而不失自然。钟嵘称其"骨气奇高，词采华茂，情兼雅怨，体被文质，粲溢今古，卓尔不群"（《诗品》）。有《曹子建集》。

野田黄雀行

高树多悲风，海水扬其波。

利剑不在掌，结友何须多？

不见篱间雀，见鹞^{yào}自投罗。

罗家得雀喜，少年见雀悲。

拔剑捎罗网，黄雀得飞飞。

飞飞摩苍天，来下谢少年。

七哀诗

明月照高楼，流光正徘徊。

上有愁思妇，悲叹有余哀。

借问叹者谁，言是客子妻。

君行逾十年，孤妾常独栖。

君若清路尘，妾若浊水泥。

浮沉各异势，会合何时谐。

愿为西南风，长逝入君怀。

君怀良不开，贱妾当何依。

白马篇

白马饰金羁，连翩西北驰。

借问谁家子？幽并游侠儿。

少小去乡邑，扬声沙漠垂。

宿昔秉良弓，楛矢何参差。

控弦破左的，右发摧月支。

仰手接飞猱，俯身散马蹄。

狡捷过猴猿，勇剽若豹螭。

边城多警急，虏骑数迁移。

羽檄从北来，厉马登高堤。

长驱蹈匈奴，左顾凌鲜卑。

弃身锋刃端，性命安可怀？

父母且不顾，何言子与妻？

名编壮士籍，不得中顾私。

捐躯赴国难，视死忽如归。

咏史（其一）

皓天舒白日，灵景耀神州。

列宅紫宫里，飞宇若云浮。

峨峨高门内，蔼蔼皆王侯。

自非攀龙客，何为欻来游？

被褐出阊阖，高步追许由。

振衣千仞冈，濯足万里流。

■ 左思，生卒年不可确考，字太冲，临淄（今山东临淄）人。博学能文，《晋书》
本传说他曾构思十年写成《三都赋》，一时洛阳为之纸贵。其诗今存 14 首，
风格高亢雄迈，语言道劲豪壮。作品主要见于《文选》和《玉台新咏》。

饮酒（其四）

栖栖失群鸟，日暮犹独飞。

徘徊无定止，夜夜声转悲。

厉响思清远，去来何依依。

因值孤生松，敛翮遥来归。

劲风无荣木，此荫独不衰。

托身已得所，千载不相违。

■ 陶渊明（365—427），字元亮，又名潜，号"五柳先生"，浔阳柴桑（今江西
九江）人，卒后私谥"靖节"，世称"靖节先生"。东晋末至南朝宋初期诗人、
辞赋家，曾任江州祭酒、建威参军、镇军参军、彭泽县令等职，出仕彭泽县
令仅八十余天便弃职而去，从此归隐田园。为我国第一位田园诗人，被称为
"古今隐逸诗人之宗"。有《陶渊明集》。

饮酒（其五）

结庐在人境，而无车马喧。

问君何能尔？心远地自偏。

采菊东篱下，悠然见南山。

山气日夕佳，飞鸟相与还。

此中有真意，欲辨已忘言。

读山海经（其一）

精卫衔微木，将以填沧海。

刑天舞干戚，猛志故常在。

同物既无虑，化去不复悔。

徒设在昔心，良辰讵可待！

登池上楼

潜虬^{qiú}媚幽姿，飞鸿响远音。

薄霄愧云浮，栖川怍^{zuò}渊沉。

进德智所拙，退耕力不任。

徇禄反穷海，卧疴^{kē}对空林。

衾^{qīn}枕昧节候，褰^{qiān}开暂窥临。

倾耳聆波澜，举目眺岖嵚。

初景革绪风，新阳改故阴。

池塘生春草，园柳变鸣禽。

祁祁伤豳^{bīn}歌，萋萋感楚吟。

索居易永久，离群难处心。

持操岂独古，无闷征在今。

■ 谢灵运（385—433），陈郡阳夏（今河南太康）人。东晋名将谢玄之孙，十八岁袭封康乐公，世称"谢康乐"。他博览群书，工诗善文，诗与颜延之并称"颜谢"，开创了我国文学史上的山水诗派；又兼通史学，擅书法，曾翻译外来佛经，并奉诏撰《晋书》。明人辑有《谢康乐集》。

拟行路难（其一）

泻水置平地，各自东西南北流。

人生亦有命，安能行叹复坐愁！

酌酒以自宽，举杯断绝歌路难。

心非木石岂无感？吞声踯躅不敢言。

■ 鲍照（414—470），字明远，东海郡（今属山东临沂）人。南朝宋文学家、诗
人，与颜延之、谢灵运同为宋元嘉时代的著名诗人，合称"元嘉三大家"，诗
歌着意描写山水，讲究对仗和辞藻，世称"元嘉体"。有《鲍参军集》传世。

敕勒歌

敕勒川，阴山下。

天似穹庐，笼盖四野。
_{qióng}

天苍苍，野茫茫，风吹草低见牛羊。

■《敕勒歌》选自《乐府诗集》，是南北朝时期黄河以北的北朝流传的一首民歌。

唐宋元明清诗词

五言

咏鹅

鹅，鹅，鹅，曲项向天歌。

白毛浮绿水，红掌拨清波。

■ 骆宾王（约651—约684），婺州义乌（今浙江义乌）人。初唐诗人，与王勃、
杨炯、卢照邻合称"初唐四杰"。骆宾王出身寒门，七岁能诗，号称"神童"，
据说《咏鹅》即此时所作。武后光宅元年（684），徐敬业起兵讨武则天，骆
宾王为之作《代徐敬业传檄天下文》。徐敬业失败，骆宾王下落不明。代表作
有《帝京篇》《畴昔篇》《在狱咏蝉》《于易水送人》等。

于易水送人

此地别燕丹，壮士发冲冠。
昔时人已没，今日水犹寒。

在狱咏蝉

西陆蝉声唱，南冠客思侵。

那堪玄鬓影，来对白头吟。

露重飞难进，风多响易沉。

无人信高洁，谁为表予心？

王勃

送杜少府之任蜀州

城阙辅三秦，风烟望五津。
与君离别意，同是宦游人。
海内存知己，天涯若比邻。
无为在歧路，儿女共沾巾。

■ 王勃（约650—约676），古绛州龙门（今山西河津）人。初唐诗人，与杨炯、卢照邻、骆宾王并称为"初唐四杰"。擅五律和五绝，代表作品有《送杜少府之任蜀州》等；骈文成就很高，代表作品有《滕王阁序》等。

注：诗题"送杜少府之任蜀州"，《全唐诗》为"杜少府之任蜀州"。

渡汉江

岭外音书断，经冬复历春。
近乡情更怯，不敢问来人。

■ 宋之问（约656—约713），汾州西河（今山西汾阳）人。初唐诗人，与沈佺期并称"沈宋"，与陈子昂、卢藏用、司马承祯、王适、毕构、李白、孟浩然、王维、贺知章称"仙宗十友"。现存诗二百多首，明人辑有《宋之问集》。

登幽州台歌

前不见古人，后不见来者。

念天地之悠悠，独怆然而涕下。

■ 陈子昂（661—702），梓州射洪（今四川射洪）人。初唐诗文革新人物之一，
"仙宗十友"之一，因曾任右拾遗，后世称"陈拾遗"。被权臣武三思指使射
洪县令段简罗织罪名，加以迫害，冤死狱中。其存诗共一百多首，代表作有
组诗《感遇》38 首、《蓟丘览古》7 首和《登幽州台歌》等。

望月怀远

海上生明月，天涯共此时。

情人怨遥夜，竟夕起相思。

灭烛怜光满，披衣觉露滋。

不堪盈手赠，还寝梦佳期。

■ 张九龄（678—740），韶州曲江（今广东韶关）人，世称"张曲江"或"文献公"。唐开元盛世的最后一位名相，刚正不阿，直言敢谏，深谋有远识。又工诗能文，尤善五言古诗，诗风清淡秀雅，对扫除唐初所沿习的六朝绮靡诗风贡献很大。有《曲江集》。

登鹳雀楼

白日依山尽，黄河入海流。
欲穷千里目，更上一层楼。

■ 王之涣（688—742），绛州（今山西新绛）人。盛唐诗人，其诗多被当时乐工
制曲歌唱，名动一时。常与高适、王昌龄等相唱和，以善于描写边塞风光著
称。代表作有《登鹳雀楼》《凉州词》等。章太炎推《凉州词》为"绝句之最"。

春晓

春眠不觉晓，处处闻啼鸟。

夜来风雨声，花落知多少。

■ 孟浩然（689—740），襄州襄阳（今湖北襄樊）人，世称"孟襄阳"。因他未曾入仕，又称之为"孟山人"，唐代著名的山水田园派诗人。与王维并称为"王孟"，"仙宗十友"之一。代表作为《过故人庄》《春晓》《宿建德江》等，有《孟浩然集》传世。

宿建德江

移舟泊烟渚，日暮客愁新。
野旷天低树，江清月近人。

过故人庄

故人具鸡黍^{shǔ}，邀我至田家。

绿树村边合，青山郭外斜。

开轩面场圃，把酒话桑麻。

待到重阳日，还来就菊花。

注："开轩面场圃"，《全唐诗》为"开筵面场圃"。

临洞庭

八月湖水平，涵虚混太清。

气蒸云梦泽，波撼岳阳城。

欲济无舟楫，端居耻圣明。

坐观垂钓者，徒有羡鱼情。

独坐敬亭山

众鸟高飞尽，孤云独去闲。

相看两不厌，只有敬亭山。

■ 李白（701—762），字太白，号"青莲居士"，祖籍陇西成纪（今甘肃秦安），出生于西域碎叶城，四岁随父迁至绵州昌隆（今四川江油）。唐代伟大的浪漫主义诗人，被后人誉为"诗仙"，与杜甫并称为"李杜"，"仙宗十友"之一。代表作有《望庐山瀑布》《行路难》《蜀道难》《将进酒》《梁甫吟》《早发白帝城》等，有《李太白集》传世。

李白

静夜思

床前明月光，疑是地上霜。
举头望明月，低头思故乡。

注："床前明月光""举头望明月"，《全唐诗》中分别为"床前看月光""举头望山月"。

秋浦歌十七首

其一

秋浦长似秋，萧条使人愁。

客愁不可度，行上东大楼。

正西望长安，下见江水流。

寄言向江水，汝意忆侬不^{fōu}。

遥传一掬^{jū}泪，为我达扬州。

其二

秋浦猿夜愁，黄山堪白头。

青溪非陇水，翻作断肠流。

欲去不得去，薄游成久游。

何年是归日，雨泪下孤舟。

其三

秋浦锦驼鸟，人间天上稀。

山鸡羞渌水，不敢照毛衣。

其四

两鬓入秋浦，一朝飒已衰。

猿声催白发，长短尽成丝。

其五

秋浦多白猿，超腾若飞雪。

牵引条上儿，饮弄水中月。

其六

愁作秋浦客，强看秋浦花。

山川如剡县，风日似长沙。

其七

醉上山公马，寒歌宁戚牛。

空吟白石烂，泪满黑貂裘。

其八

秋浦千重岭，水车岭最奇。

天倾欲堕石，水拂寄生枝。

其九

江祖一片石，青天扫画屏。

题诗留万古，绿字锦苔生。

其十

千千石楠树，万万女贞林。

山山白鹭满，涧涧白猿吟。

君莫向秋浦，猿声碎客心。

其十一

逻人横鸟道，江祖出鱼梁。

水急客舟疾，山花拂面香。

其十二

水如一匹练，此地即平天。

耐可乘明月，看花上酒船。

其十三

渌水净素月，月明白鹭飞。

郎听采菱女，一道夜歌归。

其十四

炉火照天地，红星乱紫烟。

赧郎明月夜，歌曲动寒川。

其十五

白发三千丈，缘愁似个长。

不知明镜里，何处得秋霜。

其十六

秋浦田舍翁，采鱼水中宿。

妻子张白鹇，结罝映深竹。

其十七

桃波一步地，了了语声闻。

暗与山僧别，低头礼白云。

子夜吴歌·秋歌

长安一片月，万户捣衣声。

秋风吹不尽，总是玉关情。

何日平胡虏，良人罢远征。

塞下曲六首

其一

五月天山雪，无花只有寒。

笛中闻《折柳》，春色未曾看。

晓战随金鼓，宵眠抱玉鞍。

愿将腰下剑，直为斩楼兰。

其二

天兵下北荒，胡马欲南饮。

横戈从百战，直为衔恩甚。

握雪海上餐，拂沙陇头寝。

何当破月氏，然后方高枕。

其三

骏马似风飙，鸣鞭出渭桥。

弯弓辞汉月，插羽破天骄。

阵解星芒尽，营空海雾消。

功成画麟阁，独有霍嫖姚。

其四

白马黄金塞，云砂绕梦思。

那堪愁苦节，远忆边城儿。

萤飞秋窗满，月度霜闺迟。

摧残梧桐叶，萧飒沙棠枝。

无时独不见，流泪空自知。

其五

塞虏乘秋下，天兵出汉家。

将军分虎竹，战士卧龙沙。

边月随弓影，胡霜拂剑花。

玉关殊未入，少妇莫长嗟。

其六

烽火动沙漠，连照甘泉云。

汉皇按剑起，还召李将军。

兵气天上合，鼓声陇底闻。

横行负勇气，一战静妖氛。

送友人

青山横北郭，白水绕东城。
此地一为别，孤蓬万里征。
浮云游子意，落日故人情。
挥手自兹去，萧萧班马鸣。

夜泊牛渚怀古

牛渚西江夜，青天无片云。
登舟望秋月，空忆谢将军。
余亦能高咏，斯人不可闻。
明朝挂帆去，枫叶落纷纷。

月下独酌四首

其一

花间一壶酒，独酌无相亲。

举杯邀明月，对影成三人。

月既不解饮，影徒随我身。

暂伴月将影，行乐须及春。

我歌月徘徊，我舞影零乱。

醒时同交欢，醉后各分散。

永结无情游，相期邈云汉。

其二

天若不爱酒，酒星不在天。

地若不爱酒，地应无酒泉。

天地既爱酒，爱酒不愧天。

已闻清比圣，复道浊如贤。

贤圣既已饮，何必求神仙。

三杯通大道，一斗合自然。

但得酒中趣，勿为醒者传。

其三

三月咸阳城，千花昼如锦。

谁能春独愁，对此径须饮。

穷通与修短，造化夙所禀。

一樽齐死生，万事固难审。

醉后失天地，兀然就孤枕。

不知有吾身，此乐最为甚。

其四

穷愁千万端，美酒三百杯。

愁多酒虽少，酒倾愁不来。

所以知酒圣，酒酣心自开。

辞粟卧首阳，屡空饥颜回。

当代不乐饮，虚名安用哉。

蟹^{xiè}螯^{áo}即金液，糟丘是蓬莱。

且须饮美酒，乘月醉高台。

王 维

鹿柴

空山不见人，但闻人语响。
返景入深林，复照青苔上。

■ 王维（700—761），字摩诘，号"摩诘居士"，蒲州河东郡（今山西永济西）人，祖籍山西祁县。唐朝著名诗人、画家，"仙宗十友"之一。与孟浩然合称"王孟"，有"诗佛"之称，苏轼评价其："味摩诘之诗，诗中有画；观摩诘之画，画中有诗。"代表作有《相思》《山居秋暝》等，著作有《王右丞集》。

鸟鸣涧

人闲桂花落，夜静春山空。
月出惊山鸟，时鸣春涧中。

王维

相思

红豆生南国，春来发几枝。

愿君多采撷，此物最相思。

注："春来发几枝"，《全唐诗》为"秋来发几枝"。

杂诗

王
维

君自故乡来，应知故乡事。
来日绮窗前，寒梅著花未？

王

维

竹里馆

独坐幽篁^{huáng}里，弹琴复长啸。

深林人不知，明月来相照。

送别

下马饮君酒，问君何所之。
君言不得意，归卧南山陲。
但去莫复问，白云无尽时。

汉江临眺

楚塞三湘接，荆门九派通。

江流天地外，山色有无中。

郡邑浮前浦，波澜动远空。

襄阳好风日，留醉与山翁。

王维

山居秋暝

空山新雨后，天气晚来秋。
明月松间照，清泉石上流。
竹喧归浣女，莲动下渔舟。
随意春芳歇，王孙自可留。

王维

使至塞上

单车欲问边，属国过居延。

征蓬出汉塞，归雁入胡天。

大漠孤烟直，长河落日圆。

萧关逢候骑，都护在燕然。

王维

渭川田家

斜阳照墟落，穷巷牛羊归。

野老念牧童，倚杖候荆扉。

雉雊麦苗秀，蚕眠桑叶稀。

田夫荷锄至，相见语依依。

即此羡闲逸，怅然吟式微。

终南别业

中岁颇好道，晚家南山陲。

兴来每独往，胜事空自知。

行到水穷处，坐看云起时。

偶然值林叟，谈笑无还期。

题破山寺后禅院

清晨入古寺，初日照高林。

曲径通幽处，禅房花木深。

山光悦鸟性，潭影空人心。

万籁此皆寂，惟闻钟磬音。
_{qìng}

■ 常建，生卒年月不详，唐代诗人。开元十五年（727）与王昌龄同榜进士，天
宝中为盱眙尉，后隐居鄂渚的西山。代表作有《题破山寺后禅院》《宿王昌龄
隐居》等，有《常建集》传世。

注："万籁此皆寂""惟闻钟磬音"，《全唐诗》为"万籁此都寂""但余钟磬音"。

杜甫

春望

国破山河在，城春草木深。

感时花溅泪，恨别鸟惊心。

烽火连三月，家书抵万金。

白头搔更短，浑欲不胜簪。

■ 杜甫（712—770），字子美，本襄阳人，后徙河南巩县（今河南巩义）。自号"少陵野老"，也常被称为"老杜""杜少陵"；因其曾官左拾遗、检校工部员外郎，故后世又称其"杜拾遗""杜工部"等。唐代伟大的现实主义诗人，与李白合称"李杜"，被后人称为"诗圣"，诗被称为"诗史"。代表作有《春望》《北征》"三吏""三别"《饮中八仙歌》等，有《杜工部集》传世。

春夜喜雨

好雨知时节，当春乃发生。

随风潜入夜，润物细无声。

野径云俱黑，江船火独明。

晓看红湿处，花重锦官城。

登岳阳楼

昔闻洞庭水，今上岳阳楼。
吴楚东南坼，乾坤日夜浮。
亲朋无一字，老病有孤舟。
戎马关山北，凭轩涕泗流。

梦李白二首

其一

死别已吞声，生别常恻恻。

江南瘴疬地，逐客无消息。

故人入我梦，明我长相忆。

恐非平生魂，路远不可测。

魂来枫林青，魂返关塞黑。

君今在罗网，何以有羽翼？

落月满屋梁，犹疑照颜色。

水深波浪阔，无使蛟龙得。

其二

浮云终日行，游子久不至。

三夜频梦君，情亲见君意。

告归常局促，苦道来不易。

江湖多风波，舟楫恐失坠。

出门搔白首，若负平生志。

冠盖满京华，斯人独憔悴。

孰云网恢恢，将老身反累。

千秋万岁名，寂寞身后事。

水槛遣心二首

其一

去郭轩楹敞，无村眺望赊。

澄江平少岸，幽树晚多花。

细雨鱼儿出，微风燕子斜。

城中十万户，此地两三家。

其二

蜀天常夜雨，江槛已朝晴。

叶润林塘密，衣干枕席清。

不堪祗老病，何得尚浮名。

浅把涓涓酒，深凭送此生。

杜甫

望岳

岱宗夫如何？齐鲁青未了。

造化钟神秀，阴阳割昏晓。

荡胸生曾云，决眦入归鸟。

会当凌绝顶，一览众山小。

注："曾"通"层"。

月夜忆舍弟

戍鼓断人行，边秋一雁声。

露从今夜白，月是故乡明。

有弟皆分散，无家问死生。

寄书长不达，况乃未休兵。

后出塞五首

其一

男儿生世间，及壮当封侯。

战伐有功业，焉能守旧丘。

召募赴蓟门，军动不可留。

千金买马鞭，百金装刀头。

闾里送我行，亲戚拥道周。

斑白居上列，酒酣进庶羞。

少年别有赠，含笑看吴钩。

其二

朝进东门营，暮上河阳桥。

落日照大旗，马鸣风萧萧。

平沙列万幕，部伍各见招。

中天悬明月，令严夜寂寥。

悲笳数声动，壮士惨不骄。

借问大将谁，恐是霍<ruby>嫖<rt>piào</rt></ruby>姚。

其三

古人重守边，今人重高勋。

岂知英雄主，出师亘长云。

六合已一家，四夷且孤军。

遂使貔虎士，奋身勇所闻。

拔剑击大荒，日收胡马群。

誓开玄冥北，持以奉吾君。

其四

献凯日继踵，两蕃静无虞。

渔阳豪侠地，击鼓吹笙竽。

云帆转辽海，粳稻来东吴。

越罗与楚练，照耀舆台躯。

主将位益崇，气骄凌上都。

边人不敢议，议者死路衢。

其五

我本良家子，出师亦多门。

将骄益愁思，身贵不足论。

跃马二十年，恐辜明主恩。

坐见幽州骑，长驱河洛昏。

中夜间道归，故里但空村。

恶名幸脱免，穷老无儿孙。

石壕吏

暮投石壕村，有吏夜捉人。

老翁逾墙走，老妇出门看。

吏呼一何怒，妇啼一何苦。

听妇前致词：三男邺城戍。

一男附书至，二男新战死。

存者且偷生，死者长已矣。

室中更无人，惟有乳下孙。

有孙母未去，出入无完裙。

老妪力虽衰，请从吏夜归。

急应河阳役，犹得备晨炊。

夜久语声绝，如闻泣幽咽。

天明登前途，独与老翁别。

奉赠韦左丞丈二十二韵

纨绔不饿死，儒冠多误身。

丈人试静听，贱子请具陈。

甫昔少年日，早充观国宾。

读书破万卷，下笔如有神。

赋料扬雄敌，诗看子建亲。

李邕求识面，王翰愿卜邻。

自谓颇挺出，立登要路津。

致君尧舜上，再使风俗淳。

此意竟萧条，行歌非隐沦。

骑驴三十载，旅食京华春。

朝扣富儿门，暮随肥马尘。

残杯与冷炙，到处潜悲辛。

主上顷见征，欻然欲求伸。

青冥却垂翅，蹭蹬无纵鳞。

甚愧丈人厚，甚知丈人真。

每于百僚上，猥诵佳句新。

窃效贡公喜，难甘原宪贫。

焉能心怏怏，只是走踆踆。

今欲东入海，即将西去秦。

尚怜终南山，回首清渭滨。

常拟报一饭，况怀辞大臣。

白鸥没浩荡，万里谁能驯？

自京赴奉先县咏怀五百字

杜陵有布衣，老大意转拙。

许身一何愚，窃比稷与契。

居然成濩落，白首甘契阔。

盖棺事则已，此志常觊豁。

穷年忧黎元，叹息肠内热。

取笑同学翁，浩歌弥激烈。

非无江海志，潇洒送日月。

生逢尧舜君，不忍便永诀。

当今廊庙具，构厦岂云缺。

葵藿倾太阳，物性固莫夺。

顾惟蝼蚁辈，但自求其穴。

胡为慕大鲸，辄拟偃溟渤。

以兹悟生理，独耻事干谒。

兀兀遂至今，忍为尘埃没。

终愧巢与由，未能易其节。

沉饮聊自适，放歌颇愁绝。

岁暮百草零，疾风高冈裂。

天衢阴峥嵘，客子中夜发。

霜严衣带断，指直不得结。

凌晨过骊山，御榻在嵽嵲。^{dié niè}

蚩尤塞寒空，蹴蹋崖谷滑。^{cù tà}

瑶池气郁律，羽林相摩戛。

君臣留欢娱，乐动殷膠葛。^{jiāo}

赐浴皆长缨，与宴非短褐。

彤庭所分帛，本自寒女出。

鞭挞其夫家，聚敛贡城阙。

圣人筐篚恩，实欲邦国活。^{fěi}

臣如忽至理，君岂弃此物。

多士盈朝廷，仁者宜战栗。

况闻内金盘，尽在卫霍室。

中堂有神仙，烟雾蒙玉质。

暖客貂鼠裘，悲管逐清瑟。

劝客驼蹄羹，霜橙压香橘。

朱门酒肉臭，路有冻死骨。

荣枯咫尺异，惆怅难再述。

北辕就泾渭，官渡又改辙。

群冰从西下，极目高崒兀。^{zú wù}

疑是崆峒来，恐触天柱折。

河梁幸未坼，枝撑声窸窣。^{xī sū}

行旅相攀援，川广不可越。

老妻寄异县，十口隔风雪。

谁能久不顾，庶往共饥渴。

入门闻号咷，幼子饥已卒。
^{táo}

吾宁舍一哀，里巷亦呜咽。

所愧为人父，无食至夭折。

岂知秋禾登，贫窭有仓卒。
^{jù} ^{cù}

生常免租税，名不隶征伐。

抚迹犹酸辛，平人固骚屑。

默思失业徒，因念远戍卒。
^{zú}

忧端齐终南，澒洞不可掇。
^{hòng} ^{duō}

次北固山下

客路青山外，行舟绿水前。

潮平两岸阔，风正一帆悬。

海日生残夜，江春入旧年。

乡书何处达，归雁洛阳边。

■ 王湾，生卒年不详，洛阳（今河南洛阳）人。唐代诗人，其"词翰早著"。代
表作有《奉使登终南山》《次北固山下》等，对盛唐诗坛产生了重要影响，直
到唐末诗人郑谷还说："何如海日生残夜，一句能令万古传。"

逢雪宿芙蓉山主人

日暮苍山远，天寒白屋贫。

柴门闻犬吠，风雪夜归人。
_{fèi}

■ 刘长卿（约714—约790），字文房，宣城（今属安徽）人，后迁居洛阳，河间（今属河北）为其郡望。唐德宗建中年间，官终随州刺史，故世称"刘随州"。工诗，长于五言，自称"五言长城"。代表作有《逢雪宿芙蓉山主人》《送灵澈上人》等。

卢纶

和张仆射塞下曲六首

鹫翎金仆姑，燕尾绣蝥弧。
独立扬新令，千营共一呼。

林暗草惊风，将军夜引弓。
平明寻白羽，没在石棱中。

月黑雁飞高，单于夜遁逃。
欲将轻骑逐，大雪满弓刀。

野幕蔽琼筵，羌戎贺劳旋。
醉和金甲舞，雷鼓动山川。

调箭又呼鹰，俱闻出世能。
奔狐将迸雉，扫尽古丘陵。

亭亭七叶贵，荡荡一隅清。
他日题麟阁，唯应独不名。

■ 卢纶（约 748—约 798），字允言，河中蒲州（今山西永济）人。唐代诗人，与李端、吉中孚、韩翃、钱起、司空曙、苗发、崔洞（一作"峒"）、耿沣、夏侯审合称"大历十才子"。代表作有《塞下曲》等，今存《卢户部诗集》。

游子吟

慈母手中线，游子身上衣。

临行密密缝，意恐迟迟归。

谁言寸草心，报得三春晖。

■ 孟郊（751—814），字东野，湖州武康（今浙江德清）人，祖籍平昌（今山东临邑）。先世居洛阳（今属河南洛阳），后隐居嵩山，张籍私谥为"贞曜先生"。诗作多写世态炎凉，民间苦难，故有"诗囚之称"；与贾岛齐名，有"郊寒岛瘦"之称。代表作有《游子吟》《征妇怨》《感怀》《伤春》等，今传《孟东野诗集》。

问刘十九

绿蚁新醅^{pēi}酒，红泥小火炉。

晚来天欲雪，能饮一杯无。

■ 白居易（772—846），字乐天，号"香山居士""醉吟先生"，祖籍太原，曾祖父时迁居下邽，生于河南新郑。唐代伟大的现实主义诗人，与元稹共同倡导新乐府运动，世称"元白"，又与刘禹锡并称"刘白"，有"诗魔"和"诗王"之称。代表作有《长恨歌》《卖炭翁》《琵琶行》等，有《白氏长庆集》传世。

草

白居易

离离原上草，一岁一枯荣。

野火烧不尽，春风吹又生。

远芳侵古道，晴翠接荒城。

又送王孙去，萋萋满别情。

注：诗题一作"赋得古原草送别"。

李绅

悯农二首

其一

春种一粒粟，秋成万颗子。

四海无闲田，农夫犹饿死。

其二

锄禾日当午，汗滴禾下土。

谁知盘中餐，粒粒皆辛苦。

■ 李绅（772—846），字公垂，祖籍亳州谯县（今安徽亳州谯城区）。新乐府运
动的参与者，与元稹、白居易交游甚密。代表作有《悯农》等。

注：诗题"悯农"也作"古风"。

江雪

千山鸟飞绝，万径人踪灭。

孤舟蓑笠翁，独钓寒江雪。

■ 柳宗元（773—819），字子厚，河东（今山西永济）人。唐代文学家、哲学家、散文家和思想家，与韩愈和宋代的苏洵、苏轼、苏辙、王安石、曾巩、欧阳修合称"唐宋八大家"，称"柳河东""河东先生""柳柳州"。与韩愈同为中唐古文运动的领导人物，并称"韩柳"，与刘禹锡并称"刘柳"，又与王维、孟浩然、韦应物并称"王孟韦柳"。代表作有《溪居》《江雪》《渔翁》《永州八记》等，有《柳河东集》。

寻隐者不遇

松下问童子，言师采药去。

只在此山中，云深不知处。

■ 贾岛（779—843），字阆仙，自号"碣石山人"，范阳幽都（今河北涿州）人。
人称"诗奴"，又称"苦吟诗人"，与孟郊共称"郊寒岛瘦"。代表作为《题李
凝幽居》《寻隐者不遇》等，有《长江集》传世。

题李凝幽居

闲居少邻并，草径入荒园。

鸟宿池边树，僧敲月下门。

过桥分野色，移石动云根。

暂去还来此，幽期不负言。

送友人

十载名兼利，人皆与命争。
青春留不住，白发自然生。
夜雨滴乡思，秋风从别情。
都门五十里，驰马逐鸡声。

■ 杜牧（803—约852），字牧之，号"樊川居士"，京兆万年（今陕西西安）人，因晚年居长安南樊川别墅，故后世称"杜樊川"。唐代杰出诗人、散文家，宰相杜佑之孙。诗歌以七言绝句著称，与李商隐并称"小李杜"。代表作有《阿房宫赋》《遣怀》《送友人》等，有《樊川文集》传世。

商山早行

晨起动征铎，客行悲故乡。

鸡声茅店月，人迹板桥霜。

槲叶落山路，枳花明驿墙。
hú zhǐ

因思杜陵梦，凫雁满回塘。
fú

■ 温庭筠（约801—约866），本名岐，字飞卿，太原祁（今山西祁县）人。晚唐诗人、词人，文思敏捷，每入试，押官韵，八叉手而成八韵，有"温八叉"之称。被尊为"花间词派"鼻祖，与李商隐并称"温李"；与韦庄并称"温韦"。代表作有《商山早行》《菩萨蛮》《望江南》等，后人辑有《温飞卿集》《金奁集》等。

宫词二首

其一

故国三千里，深宫二十年。

一声《何满子》，双泪落君前。

其二

自倚能歌日，先皇掌上怜。

新声何处唱，肠断李延年。

■ 张祜（约792—约853），字承吉，南阳（今属河南）人。出生于清河张氏望
   族，被人称为"张公子"，有"海内名士"之誉。代表作有《宫词二首》《题
   金陵渡》《雁门太守行》等。

登乐游原

向晚意不适，驱车登古原。
夕阳无限好，只是近黄昏。

■ 李商隐（约812—约858），字义山，号"玉溪（谿）生""樊南生"，祖籍怀
州河内（今河南沁阳），出生于郑州荥阳（今河南荥阳）。晚唐著名诗人，与
杜牧合称"小李杜"，与温庭筠合称"温李"。代表作有《锦瑟》《夜雨寄北》
《登乐游原》等，有《李义山诗集》等传世。

注：诗题"登乐游原"也为"乐游原"。

春怨

打起黄莺儿，莫教枝上啼。

啼时惊妾梦，不得到辽西。

■金昌绪，生卒、生平不详，唐大中以前在世，大约为余杭（今属浙江）人。
今仅存《春怨》诗一首，广为流传。

王
建

新嫁娘词三首

邻家人未识，床上坐堆堆。

郎来傍门户，满口索钱财。

锦障两边横，遮掩侍娘行。

遣郎铺簟^{diàn}席，相并拜亲情。

三日入厨下，洗手作羹汤。

未谙姑食性，先遣小姑尝。

■ 王建（约 766—约 832），字仲初，颍川（今河南许昌）人。唐朝诗人，代表
作有《宫词》《新嫁娘》等，今存有《王建诗集》《王司马集》等。

梅花

墙角数枝梅，凌寒独自开。

遥知不是雪，为有暗香来。

■ 王安石（1021—1086），字介甫，号"半山"，临川（今江西抚州）人。北宋
著名思想家、政治家、文学家、改革家。创"荆公新学"，被誉为"通儒"，
促进宋代疑经变古学风的形成。"唐宋八大家"之一，其诗"学杜得其瘦硬"，
在北宋诗坛自成一家，世称"王荆公体"。有《王临川集》《临川集拾遗》等
存世。

夏日绝句

生当作人杰，死亦为鬼雄。

至今思项羽，不肯过江东。

■ 李清照（1084—1155），号"易安居士"，齐州章丘（今山东章丘）人。擅书、画，通晓金石，而尤精诗词，宋代婉约词派代表，有"千古第一才女"之称，被誉为"词家一大宗"。代表作有《声声慢·寻寻觅觅》《一剪梅·红藕香残玉簟秋》《夏日绝句》等，有《易安居士文集》《易安词》，已散佚，后人有《漱玉词》辑本。

七言

春江花月夜

春江潮水连海平，海上明月共潮生。
滟滟随波千万里，何处春江无月明。
江流宛转绕芳甸，月照花林皆似霰。
空里流霜不觉飞，汀上白沙看不见。
江天一色无纤尘，皎皎空中孤月轮。
江畔何人初见月，江月何年初照人。
人生代代无穷已，江月年年只相似。
不知江月待何人，但见长江送流水。
白云一片去悠悠，青枫浦上不胜愁。
谁家今夜扁舟子，何处相思明月楼。
可怜楼上月徘徊，应照离人妆镜台。
玉户帘中卷不去，捣衣砧上拂还来。
此时相望不相闻，愿逐月华流照君。
鸿雁长飞光不度，鱼龙潜跃水成文。
昨夜闲潭梦落花，可怜春半不还家。
江水流春去欲尽，江潭落月复西斜。
斜月沉沉藏海雾，碣石潇湘无限路。
不知乘月几人归，落月摇情满江树。

■ 张若虚（约647—约730），字、号均不详，扬州（今属江苏扬州）人。初唐
　诗人，与贺知章、张旭、包融并称为"吴中四士"。代表作有《春江花月夜》
　《代答闺梦还》等。

回乡偶书

少小离家老大回，乡音无改鬓毛衰。

儿童相见不相识，笑问客从何处来。

■ 贺知章（约659—744），字季真，越州永兴（今浙江萧山）人。晚年自号
"四明狂客""秘书外监"。唐代著名诗人、书法家，"吴中四士""仙宗十友"
之一。代表作有《咏柳》《回乡偶书》等。

咏柳

碧玉妆成一树高，万条垂下绿丝绦。
不知细叶谁裁出，二月春风似剪刀。

凉州词

黄河远上白云间，一片孤城万仞山。

羌笛何须怨《杨柳》，春风不度玉门关。

古从军行

白日登山望烽火，黄昏饮马傍交河。

行人刁斗风沙暗，公主琵琶幽怨多。

野营万里无城郭，雨雪纷纷连大漠。

胡雁哀鸣夜夜飞，胡儿眼泪双双落。

闻道玉门犹被遮，应将性命逐轻车。

年年战骨埋荒外，空见蒲桃入汉家。

■ 李颀（约690—约754），祖籍赵郡（今河北赵县），定居于颍阳（今河南登封西），后长期隐居嵩山、少室山一带的"东川别业"。与盛唐时的著名诗人如王维、高适、王昌龄等，都有诗篇往还。代表作有《古意》《古从军行》等。

注："野营"，《全唐诗》为"野云"。

出塞

秦时明月汉时关，万里长征人未还。
但使龙城飞将在，不教胡马度阴山。

■ 王昌龄（698—757），字少伯，京兆万年（今陕西西安）人。盛唐著名边塞诗人，被誉为"七绝圣手"，有"诗家夫子王江宁"之誉。代表作有《出塞》《从军行》《芙蓉楼送辛渐》《长信宫词》等，有《王昌龄集》传世。

芙蓉楼送辛渐二首

寒雨连江夜入吴，平明送客楚山孤。

洛阳亲友如相问，一片冰心在玉壶。

丹阳城南秋海阴，丹阳城北楚云深。

高楼送客不能醉，寂寂寒江明月心。

注："寒雨连江夜入吴"，《全唐诗》为"寒雨连江夜入湖"。

凉州词

葡萄美酒夜光杯，欲饮琵琶马上催。
醉卧沙场君莫笑，古来征战几人回。

■ 王翰，生卒年不详，字子羽，并州晋阳（今山西太原）人。唐边塞诗人，张说有"王翰之文，有如琼林玉"等语，杜甫诗中以"李邕求识面，王翰愿卜邻"之句赞叹王翰。代表作有《凉州词》《饮马长城窟行》等。

客中行

兰陵美酒郁金香，玉碗盛来琥珀光。
但使主人能醉客，不知何处是他乡。

春夜洛城闻笛

谁家玉笛暗飞声，散入春风满洛城。

此夜曲中闻《折柳》，何人不起故园情。

李白

黄鹤楼送孟浩然之广陵

故人西辞黄鹤楼，烟花三月下扬州。
孤帆远影碧空尽，唯见长江天际流。

注："孤帆远影碧空尽"，《全唐诗》为"孤帆远影碧山尽"。

清平调三首

其一

云想衣裳花想容，春风拂槛露华浓。

若非群玉山头见，会向瑶台月下逢。

其二

一枝红艳露凝香，云雨巫山枉断肠。

借问汉宫谁得似，可怜飞燕倚新妆。

其三

名花倾国两相欢，长得君王带笑看。

解释春风无限恨，沉香亭北倚阑干。

注："长得君王带笑看""解释春风无限恨"，《全唐诗》为"常得君王带笑看""解得春风无限恨"。

李白

望庐山瀑布

日照香炉生紫烟，遥看瀑布挂前川。
飞流直下三千尺，疑是银河落九天。

注：诗题"望庐山瀑布"，《全唐诗》为"望庐山瀑布水二首"。

李白

望天门山

天门中断楚江开，碧水东流至此回。

两岸青山相对出，孤帆一片日边来。

注："碧水东流至此回"，《全唐诗》为"碧水东流至北回"。

李白

闻王昌龄左迁龙标遥有此寄

杨花落尽子规啼，闻道龙标过五溪。

我寄愁心与明月，随风直到夜郎西。

与史郎中钦听黄鹤楼上吹笛

一为迁客去长沙，西望长安不见家。
黄鹤楼中吹玉笛，江城五月落梅花。

李白

早发白帝城

朝辞白帝彩云间，千里江陵一日还。
两岸猿声啼不住，轻舟已过万重山。

注："两岸猿声啼不住"，《全唐诗》为"两岸猿声啼不尽"。

赠汪伦

李白乘舟将欲行，忽闻岸上踏歌声。
桃花潭水深千尺，不及汪伦送我情。

金陵酒肆留别

风吹柳花满店香，吴姬压酒劝客尝。
金陵子弟来相送，欲行不行各尽觞^{shāng}。
请君试问东流水，别意与之谁短长。

登金陵凤凰台

凤凰台上凤凰游，凤去台空江自流。
吴宫花草埋幽径，晋代衣冠成古丘。
三山半落青天外，二水中分白鹭洲。
总为浮云能蔽日，长安不见使人愁。

上李邕

大鹏一日同风起，扶摇直上九万里。

假令风歇时下来，犹能簸却沧溟水。

时人见我恒殊调，闻余大言皆冷笑。

宣父犹能畏后生，丈夫未可轻年少。

注："时人见我恒殊调"，《全唐诗》为"世人见我恒殊调"。

三五七言

秋风清，秋月明。

落叶聚还散，寒鸦栖复惊。

相思相见知何日？此时此夜难为情！

行路难三首（其一）

金樽清酒斗十千，玉盘珍羞直万钱。
停杯投箸不能食，拔剑四顾心茫然。
欲渡黄河冰塞川，将登太行雪满山。
闲来垂钓坐溪上，忽复乘舟梦日边。
行路难！行路难！多歧路，今安在？
长风破浪会有时，直挂云帆济沧海。

江上吟

木兰之枻沙棠舟，玉箫金管坐两头。

美酒樽中置千斛，载妓随波任去留。

仙人有待乘黄鹤，海客无心随白鸥。

屈平辞赋悬日月，楚王台榭空山丘。

兴酣落笔摇五岳，诗成笑傲凌沧洲。

功名富贵若长在，汉水亦应西北流。

南陵别儿童入京

白酒新熟山中归，黄鸡啄黍秋正肥。
呼童烹鸡酌白酒，儿女嬉笑牵人衣。
高歌取醉欲自慰，起舞落日争光辉。
游说万乘苦不早，著鞭跨马涉远道。
会稽愚妇轻买臣，余亦辞家西入秦。
仰天大笑出门去，我辈岂是蓬蒿人。

把酒问月

青天有月来几时？我今停杯一问之。
人攀明月不可得，月行却与人相随。
皎如飞镜临丹阙，绿烟灭尽清辉发。
但见宵从海上来，宁知晓向云间没^{mò}？
白兔捣药秋复春，嫦娥孤栖与谁邻？
今人不见古时月，今月曾经照古人。
古人今人若流水，共看明月皆如此。
唯愿当歌对酒时，月光长照金樽里。

将进酒

君不见黄河之水天上来，奔流到海不复回。

君不见高堂明镜悲白发，朝如青丝暮成雪。

人生得意须尽欢，莫使金樽空对月。

天生我材必有用，千金散尽还复来。

烹羊宰牛且为乐，会须一饮三百杯。

岑^{cén}夫子，丹丘生，将进酒^{qiāng}，杯莫停。

与君歌一曲，请君为我倾耳听。

钟鼓馔玉^{zhuàn}不足贵，但愿长醉不愿醒。

古来圣贤皆寂寞，惟有饮者留其名。

陈王昔时宴平乐^{lè}，斗酒十千恣欢谑^{zì}^{xuè}。

主人何为言少钱，径须沽取对君酌。

五花马，千金裘，呼儿将出换美酒^{jiāng}，与尔同销万古愁。

梦游天姥吟留别

海客谈瀛洲，烟涛微茫信难求。

越人语天姥，云霓明灭或可睹。

天姥连天向天横，势拔五岳掩赤城。

天台四万八千丈，对此欲倒东南倾。

我欲因之梦吴越，一夜飞度镜湖月。

湖月照我影，送我至剡溪。

谢公宿处今尚在，绿水荡漾清猿啼。

脚着谢公屐，身登青云梯。

半壁见海日，空中闻天鸡。

千岩万壑路不定，迷花倚石忽已暝。

熊咆龙吟殷岩泉，栗深林兮惊层巅。

云青青兮欲雨，水淡淡兮生烟。

列缺霹雳，丘峦崩摧。

洞天石扉，訇然中开。

青冥浩荡不见底，日月照耀金银台。

霓为衣兮风为马，云之君兮纷纷而来下。

虎鼓瑟兮鸾回车，仙之人兮列如麻。

忽魂悸以魄动，恍惊起而长嗟。

138

惟觉时之枕席，失向来之烟霞。

世间行乐亦如此，古来万事东流水。

别君去兮何时还？且放白鹿青崖间，须行即骑访名山。

安能摧眉折腰事权贵，使我不得开心颜。

注："绿水荡漾""千岩万壑""别君去兮"，《全唐诗》为"渌水荡漾""千岩万转""别君去时"。

蜀道难

噫吁戏，危乎高哉！蜀道之难难于上青天！

蚕丛及鱼凫，开国何茫然。

尔来四万八千岁，不与秦塞通人烟。

西当太白有鸟道，可以横绝峨眉巅。

地崩山摧壮士死，然后天梯石栈相钩连。

上有六龙回日之高标，下有冲波逆折之回川。

黄鹤之飞尚不得过，猿猱欲度愁攀缘。

青泥何盘盘，百步九折萦岩峦。

扪参历井仰胁息，以手抚膺坐长叹。

问君西游何时还？畏途巉岩不可攀。

但见悲鸟号古木，雄飞雌从绕林间。

又闻子规啼夜月，愁空山。

蜀道之难难于上青天！使人听此凋朱颜。

连峰去天不盈尺，枯松倒挂倚绝壁。

飞湍瀑流争喧豗，砯崖转石万壑雷。

其险也若此，嗟尔远道之人胡为乎来哉？

剑阁峥嵘而崔嵬，一夫当关，万夫莫开。

所守或匪亲，化为狼与豺。

朝避猛虎，夕避长蛇。

磨牙吮血，杀人如麻。

锦城虽云乐，不如早还家。

蜀道之难难于上青天！侧身西望长咨嗟。

九月九日忆山东兄弟

独在异乡为异客，每逢佳节倍思亲。

遥知兄弟登高处，遍插茱萸少一人。

王
维

渭城曲

渭城朝雨浥轻尘，客舍青青柳色新。
劝君更尽一杯酒，西出阳关无故人。

注：诗题"渭城曲"，也作"送元二使安西"。

和贾舍人早朝大明宫之作

王维

绛帻鸡人报晓筹，尚衣方进翠云裘。

九天阊阖开宫殿，万国衣冠拜冕旒。

日色才临仙掌动，香烟欲傍衮龙浮。

朝罢须裁五色诏，佩声归到凤池头。

登黄鹤楼

昔人已乘黄鹤去，此地空余黄鹤楼。

黄鹤一去不复返，白云千载空悠悠。

晴川历历汉阳树，芳草萋萋鹦鹉洲。

日暮乡关何处是？烟波江上使人愁。

■ 崔颢（约 704—754），汴州（今河南开封）人。唐代诗人。代表作有《黄鹤楼》《辽西作》等。其《黄鹤楼》诗作最为人所称道，据说李白为之搁笔，曾有"眼前有景道不得，崔颢题诗在上头"的赞叹。

注：诗题"登黄鹤楼"，《全唐诗》为"黄鹤楼"。

别董大二首（其一）

千里黄云白日曛^{xūn}，北风吹雁雪纷纷。
莫愁前路无知己，天下谁人不识君。

■ 高适（700—765），字达夫、仲武，德州蓚（今河北景县）人，后迁居宋州宋
城（今河南睢阳）。曾任散骑常侍，世称"高常侍"。唐著名边塞诗人，与岑
参并称"高岑"，后人将其与高适、王昌龄、王之涣合称"边塞四诗人"。代
表作有《燕歌行》《塞下曲》《蓟中作》《古歌行》《行路难》等，有《高常侍
集》传世。

注："千里黄云白日曛"，《全唐诗》为"十里黄云白日曛"。

燕歌行

汉家烟尘在东北，汉将辞家破残贼。

男儿本自重横行，天子非常赐颜色。
_{zhòng}

拟金伐鼓下榆关，旌旗逶迤碣石间。
_{chuāng}

校尉羽书飞瀚海，单于猎火照狼山。
_{chán}

山川萧条极边土，胡骑凭陵杂风雨。

战士军前半死生，美人帐下犹歌舞。

大漠穷秋塞草腓，孤城落日斗兵稀。
_{féi}

身当恩遇常轻敌，力尽关山未解围。

铁衣远戍辛勤久，玉箸应啼别离后。

少妇城南欲断肠，征人蓟北空回首。

边风飘飘那可度，绝域苍茫更何有。

杀气三日作阵云，寒声一夜传刁斗。

相看白刃血纷纷，死节从来岂顾勋。

君不见沙场征战苦，至今犹忆李将军。

注："大漠穷秋塞草腓"，《全唐诗》为"大漠穷秋塞草衰"。

江南逢李龟年

岐王宅里寻常见，崔九堂前几度闻。
正是江南好风景，落花时节又逢君。

江畔独步寻花七绝句（其六）

黄四娘家花满蹊，千朵万朵压枝低。

留连戏蝶时时舞，自在娇莺恰恰啼。

绝句四首（其三）

两个黄鹂鸣翠柳，一行^{háng}白鹭上青天。

窗含西岭千秋雪，门泊东吴万里船。

赠花卿

锦城丝管日纷纷，半入江风半入云。
此曲只应天上有，人间能得几回闻。

登高

风急天高猿啸哀，渚清沙白鸟飞回。

无边落木萧萧下，不尽长江滚滚来。

万里悲秋常作客，百年多病独登台。

艰难苦恨繁霜鬓，潦倒新停浊酒杯。

江村

清江一曲抱村流，长夏江村事事幽。
自去自来梁上燕，相亲相近水中鸥。
老妻画纸为棋局，稚子敲针作钓钩。
但有故人供禄米，微躯此外更何求？

注："但有故人供禄米",《全唐诗》为 "多病所须唯药物"。

江上值水如海势聊短述

为人性僻耽佳句，语不惊人死不休。

老去诗篇浑漫与，春来花鸟莫深愁。

新添水槛供垂钓，故着浮槎替入舟。

焉得思如陶谢手，令渠述作与同游。

客至

舍南舍北皆春水，但见群鸥日日来。

花径不曾缘客扫，蓬门今始为君开。

盘餐市远无兼味，樽酒家贫只旧醅。

肯与邻翁相对饮，隔篱呼取尽余杯。

曲江二首

其一

一片花飞减却春，风飘万点正愁人。

且看欲尽花经眼，莫厌伤多酒入唇。

江上小堂巢翡翠，苑边高冢卧麒麟。

细推物理须行乐，何用浮荣绊此身。

其二

朝回日日典春衣，每日江头尽醉归。

酒债寻常行处有，人生七十古来稀。

穿花蛱蝶深深见，点水蜻蜓款款飞。

传语风光共流转，暂时相赏莫相违。

注："苑边高冢卧麒麟""何用浮荣绊此身"，《全唐诗》为"花边高冢卧麒麟""何用浮名绊此身"。

156

蜀相

丞相祠堂何处寻，锦官城外柏森森。

映阶碧草自春色，隔叶黄鹂空好音。

三顾频烦天下计，两朝开济老臣心。

出师未捷身先死，长使英雄泪满襟。

闻官军收河南河北

剑外忽传收蓟北，初闻涕泪满衣裳。
却看妻子愁何在，漫卷诗书喜欲狂。
白日放歌须纵酒，青春作伴好还乡。
即从巴峡穿巫峡，便下襄阳向洛阳。

茅屋为秋风所破歌

八月秋高风怒号，卷我屋上三重茅。

茅飞度江洒江郊，高者挂罥^{juàn}长林梢，下者飘转沉塘坳^{ào}。

南村群童欺我老无力，忍能对面为盗贼，公然抱茅入竹去。

唇焦口燥呼不得，归来倚杖自叹息。

俄顷风定云墨色，秋天漠漠向昏黑。

布衾多年冷似铁，娇儿恶卧踏里裂。

床头屋漏无干处，雨脚如麻未断绝。

自经丧乱少睡眠，长夜沾湿何由彻？

安得广厦千万间，大庇天下寒士俱欢颜，风雨不动安如山！

呜呼！何时眼前突兀见此屋，吾庐独破受冻死亦足！"

饮中八仙歌

知章骑马似乘船，眼花落井水底眠。

汝阳三斗始朝天，道逢麹车口流涎，恨不移封向酒泉。

左相日兴费万钱，饮如长鲸吸百川，衔杯乐圣称避贤。

宗之潇洒美少年，举觞白眼望青天，皎如玉树临风前。

苏晋长斋绣佛前，醉中往往爱逃禅。

李白斗酒诗百篇，长安市上酒家眠。

天子呼来不上船，自称臣是酒中仙。

张旭三杯草圣传，脱帽露顶王公前，挥毫落纸如云烟。

焦遂五斗方卓然，高谈雄辩惊四筵。

注："李白斗酒诗百篇"，《全唐诗》为"李白一斗诗百篇"。

逢入京使

故园东望路漫漫，双袖龙钟泪不干。
马上相逢无纸笔，凭君传语报平安。

■岑参（715—770），南阳（今河南新野）人，唐太宗时功臣岑文本重孙，后徙居江陵（今湖北荆州）。唐代宗时，曾官嘉州刺史（今四川乐山），世称"岑嘉州"。与高适并称"高岑"。代表作有《走马川行奉送封大夫出师西征》《轮台歌奉送封大夫出师西征》《白雪歌送武判官归京》《逢入京使》等，有《岑嘉州集》传世。

白雪歌送武判官归京

北风卷地白草折，胡天八月即飞雪。

忽如一夜春风来，千树万树梨花开。

散入珠帘湿罗幕，狐裘不暖锦衾薄。

将军角弓不得控，都护铁衣冷难着。

瀚海阑干百丈冰，愁云惨淡万里凝。

中军置酒饮归客，胡琴琵琶与羌笛。

纷纷暮雪下辕门，风掣红旗冻不翻。

轮台东门送君去，去时雪满天山路。

山回路转不见君，雪上空留马行处。

塞上曲二首

军门频纳受降书，一剑横行万里余。
汉祖谩夸娄敬策，却将公主嫁单于。

汉家旌帜满阴山，不遣胡儿匹马还。
愿得此身长报国，何须生入玉门关。

■戴叔伦（732—789），字幼公（一作"次公"），润州金坛（今属江苏）人。唐代诗人，论诗主张"诗家之景，如蓝田日暖，良玉生烟，可望而不可置于眉睫之前"。代表作有《塞上曲》《边城曲》等。

渔父

西塞山前白鹭飞，桃花流水鳜鱼肥。
青箬笠，绿蓑衣，斜风细雨不须归。

■张志和（732—774），字子同，初名龟龄，号"玄真子"，婺州金华（今浙江金华）人。代表作如《渔歌子·西塞山前白鹭飞》《渔父·八月九月芦花飞》等，著作有《渔夫词》《玄真子》《大易》等。

滁州西涧

独怜幽草涧边生，上有黄鹂深树鸣。
春潮带雨晚来急，野渡无人舟自横。

■韦应物（737—约792），京兆万年（今陕西西安）人。因做过苏州刺史，世称
"韦苏州"。山水田园诗派诗人，后人每以"王孟韦柳"并称。代表作有《滁州
西涧》《西塞山》《观田家》等，今传有《韦江州集》《韦苏州诗集》《韦苏州集》。

张继

枫桥夜泊

月落乌啼霜满天，江枫渔火对愁眠。

姑苏城外寒山寺，夜半钟声到客船。

■张继（？—约779），字懿孙，襄州（今湖北襄樊）人。工诗文，诗风清迥，流传作品不多，最著名的诗是《枫桥夜泊》。

韩翃

寒食

春城无处不飞花，寒食东风御柳斜。

日暮汉宫传蜡烛，轻烟散入五侯家。

■韩翃，生卒年不详，字君平，南阳（今河南南阳）人。"大历十才子"之一。
代表作有《宿石邑山中》《寒食》《章台柳》等，有《韩君平集》行世。

早梅

一树寒梅白玉条，迥临村路傍溪桥。

不知近水花先发，疑是经冬雪未销。

■张谓，生卒年不详，字正言，河内（今河南沁阳）人。唐朝诗人，工诗，"格度
严密，语致精深，多击节之音"。代表作有《早梅》《邵陵作》《送裴侍御归上
都》等，以《早梅》最为著名。

注："疑是经冬雪未销"，《全唐诗》为"疑是经春雪未销"。

酬朱庆馀

越女新妆出镜心，自知明艳更沉吟。

齐纨未足时人贵，一曲菱歌敌万金。

■张籍（约766—约830），字文昌，和州乌江（今安徽和县）人。曾为水部员
外郎，迁国子司业，故世称"张水部""张司业"。张籍为韩愈大弟子，其乐
府诗与王建齐名，并称"张王乐府"。代表作有《塞下曲》《征妇怨》《采莲曲》
《江南曲》《秋思》《节妇吟》等，有《张司业集》传世。

注："齐纨未足时人贵"，《全唐诗》为"齐纨未是人间贵"。

张籍

节妇吟·寄东平李司空师道

君知妾有夫，赠妾双明珠。

感君缠绵意，系在红罗襦。

妾家高楼连苑起，良人执戟明光里。

知君用心如日月，事夫誓拟同生死。

还君明珠双泪垂，恨不相逢未嫁时。

注："恨不相逢未嫁时"，《全唐诗》为"何不相逢未嫁时"。

早春呈水部张十八员外二首

其一

天街小雨润如酥，草色遥看近却无。

最是一年春好处，绝胜烟柳满皇都。

其二

莫道官忙身老大，即无年少逐春心。

凭君先到江头看，柳色如今深未深。

■韩愈（768—824），字退之，河南河阳（今河南孟州）人。"郡望昌黎"，世称"韩昌黎""昌黎先生"。唐代杰出文学家、思想家、哲学家、政治家，古文运动的倡导者，位列"唐宋八大家"之首，与柳宗元并称"韩柳"，有"文章巨公"和"百代文宗"之名，后人将其与柳宗元、欧阳修和苏轼合称"千古文章四大家"。代表作有《左迁至蓝关示侄孙湘》《早春呈水部张十八员外》《论佛骨表》《师说》《进学解》等，有《韩昌黎集》行世。

左迁至蓝关示侄孙湘

韩愈

一封朝奏九重天，夕贬潮州路八千。

欲为圣明除弊事，肯将衰朽惜残年！

云横秦岭家何在？雪拥蓝关马不前。

知汝远来应有意，好收吾骨瘴江边。

注："欲为圣明除弊事"，《全唐诗》为"欲为圣朝除弊事"。

大林寺桃花

人间四月芳菲尽，山寺桃花始盛开。

长恨春归无觅处，不知转入此中来。

暮江吟

一道残阳铺水中，半江瑟瑟半江红。

可怜九月初三夜，露似真珠月似弓。

上阳白发人（节选）

小头鞋履窄衣裳，青黛点眉眉细长。

外人不见见应笑，天宝末年时世妆。

钱塘湖春行

孤山寺北贾亭西，水面初平云脚低。

几处早莺争暖树，谁家新燕啄春泥。

乱花渐欲迷人眼，浅草才能没马蹄。

最爱湖东行不足，绿杨阴里白沙堤。

琵琶行（并序）

元和十年，余左迁九江郡司马。明年秋，送客湓浦口，闻舟船中夜弹琵琶者。听其音，铮铮然有京都声。问其人，本长安倡女，尝学琵琶于穆、曹二善才。年长色衰，委身为贾人妇。遂命酒，使快弹数曲。曲罢，悯然。自叙少小时欢乐事，今漂沦憔悴，转徙于江湖间。予出官二年，恬然自安。感斯人言，是夕始觉有迁谪意。因为长歌以赠之。凡六百一十二言，命曰《琵琶行》。

浔阳江头夜送客，枫叶荻花秋瑟瑟。

主人下马客在船，举酒欲饮无管弦。

醉不成欢惨将别，别时茫茫江浸月。

忽闻水上琵琶声，主人忘归客不发。

寻声暗问弹者谁，琵琶声停欲语迟。

移船相近邀相见，添酒回灯重开宴。

千呼万唤始出来，犹抱琵琶半遮面。

转轴拨弦三两声，未成曲调先有情。

弦弦掩抑声声思，似诉平生不得志。

低眉信手续续弹，说尽心中无限事。

轻拢慢捻抹复挑，初为《霓裳》后《六幺》。

大弦嘈嘈如急雨，小弦切切如私语。

嘈嘈切切错杂弹，大珠小珠落玉盘。

间关莺语花底滑，幽咽泉流水下滩。

水泉冷涩弦凝绝，凝绝不通声渐歇。

别有幽愁暗恨生，此时无声胜有声。

银瓶乍破水浆迸，铁骑突出刀枪鸣。

曲终收拨当心画，四弦一声如裂帛。

东船西舫悄无言，唯见江心秋月白。

沉吟放拨插弦中，整顿衣裳起敛容。

自言本是京城女，家在虾蟆陵下住。

十三学得琵琶成，名属教坊第一部。

曲罢常教善才服，妆成每被秋娘妒。

五陵年少争缠头，一曲红绡不知数。

钿头银篦击节碎，血色罗裙翻酒污。

今年欢笑复明年，秋月春风等闲度。

弟走从军阿姨死，暮去朝来颜色故。

门前冷落车马稀，老大嫁作商人妇。

商人重利轻别离，前月浮梁买茶去。

去来江口守空船，绕船月明江水寒。

夜深忽梦少年事，梦啼妆泪红阑干。

我闻琵琶已叹息，又闻此语重唧唧。

178

同是天涯沦落人，相逢何必曾相识。

我从去年辞帝京，谪居卧病浔阳城。

浔阳地僻无音乐，终岁不闻丝竹声。

住近湓城地低湿，黄芦苦竹绕宅生。

其间旦暮闻何物，杜鹃啼血猿哀鸣。

春江花朝秋月夜，往往取酒还独倾。

岂无山歌与村笛，呕哑嘲哳难为听。

今夜闻君琵琶语，如听仙乐耳暂明。

莫辞更坐弹一曲，为君翻作《琵琶行》。

感我此言良久立，却坐促弦弦转急。

凄凄不似向前声，满座重闻皆掩泣。

座中泣下谁最多，江州司马青衫湿。

注："似诉平生不得志""东船西舫悄无言""门前冷落车马稀""住近湓城地低湿"，《全唐诗》为"似诉平生不得意""东舟西舫悄无言""门前冷落鞍马稀""住近湓江地低湿"。

长恨歌

汉皇重色思倾国，御宇多年求不得。

杨家有女初长成，养在深闺人未识。

天生丽质难自弃，一朝选在君王侧。

回眸一笑百媚生，六宫粉黛无颜色。

春寒赐浴华清池，温泉水滑洗凝脂。

侍儿扶起娇无力，始是新承恩泽时。

云鬓花颜金步摇，芙蓉帐暖度春宵。

春宵苦短日高起，从此君王不早朝^{cháo}。

承欢侍宴无闲暇，春从春游夜专夜。

后宫佳丽三千人，三千宠爱在一身。

金屋妆成娇侍夜，玉楼宴罢醉和春。

姊妹弟兄皆列土，可怜光彩生门户。

遂令天下父母心，不重^{zhòng}生男重生女。

骊宫高处入青云，仙乐风飘处处闻。

缓歌慢舞凝丝竹，尽日君王看不足。

渔阳鼙^{pí}鼓动地来，惊破《霓裳羽衣曲》。

九重城阙烟尘生，千乘^{shèng}万骑西南行。

翠华摇摇行复止，西出都门百余里。

六军不发无奈何，宛转蛾眉马前死。

花钿委地无人收，翠翘金雀玉搔头。

君王掩面救不得，回看血泪相和流。

黄埃散漫风萧索，云栈萦纡登剑阁。

峨眉山下少人行，旌旗无光日色薄。

蜀江水碧蜀山青，圣主朝朝暮暮情。

行宫见月伤心色，夜雨闻铃肠断声。

天旋地转回龙驭，到此踌躇不能去。

马嵬坡下泥土中，不见玉颜空死处。

君臣相顾尽沾衣，东望都门信马归。

归来池苑皆依旧，太液芙蓉未央柳。

芙蓉如面柳如眉，对此如何不泪垂。

春风桃李花开日，秋雨梧桐叶落时。

西宫南内多秋草，落叶满阶红不扫。

梨园弟子白发新，椒房阿监青娥老。

夕殿萤飞思悄然，孤灯挑尽未成眠。

迟迟钟鼓初长夜，耿耿星河欲曙天。

鸳鸯瓦冷霜华重，翡翠衾寒谁与共。

悠悠生死别经年，魂魄不曾来入梦。

临邛道士鸿都客，能以精诚致魂魄。

为感君王辗转思，遂教方士殷勤觅。

排空驭气奔如电，升天入地求之遍。

上穷碧落下黄泉，两处茫茫皆不见。

忽闻海上有仙山，山在虚无缥缈间。

楼阁玲珑五云起，其中绰约多仙子。

中有一人字太真，雪肤花貌参差是。

金阙西厢叩玉扃，转教小玉报双成。

闻道汉家天子使，九华帐里梦魂惊。

揽衣推枕起徘徊，珠箔银屏迤逦开。

云鬓半偏新睡觉，花冠不整下堂来。

风吹仙袂飘飘举，犹似《霓裳羽衣》舞。

玉容寂寞泪阑干，梨花一枝春带雨。

含情凝睇谢君王，一别音容两渺茫。

昭阳殿里恩爱绝，蓬莱宫中日月长。

回头下望人寰处，不见长安见尘雾。

惟将旧物表深情，钿合金钗寄将去。

钗留一股合一扇，钗擘黄金合分钿。

但教心似金钿坚，天上人间会相见。

临别殷勤重寄词，词中有誓两心知。

七月七日长生殿，夜半无人私语时。

在天愿作比翼鸟，在地愿为连理枝。

天长地久有时尽，此恨绵绵无绝期。

崔护

题都城南庄

去年今日此门中，人面桃花相映红。
人面不知何处去，桃花依旧笑春风。

■崔护（772—846），字殷功，博陵（今河北定州）人，生平事迹不详。唐代诗人，诗风精练婉丽，语极清新。代表作有《题都城南庄》《山鸡舞石镜》《五月水边柳》等。

注："人面不知何处去"，《全唐诗》为"人面不知何处在"。

秋词二首

其一

自古逢秋悲寂寥，我言秋日胜春朝。

晴空一鹤排云上，便引诗情到碧霄。

其二

山明水净夜来霜，数树深红出浅黄。

试上高楼清入骨，岂如春色嗾人狂。

■刘禹锡（772—842），字梦得，河南洛阳人。有"诗豪"之称，与柳宗元并称"刘柳"，与韦应物、白居易合称"三杰"，与白居易合称"刘白"。代表作有《陋室铭》《竹枝词》《杨柳枝词》《乌衣巷》等，存世有《刘宾客集》。

赏牡丹

庭前芍药妖无格，池上芙蕖^{qú}净少情。

唯有牡丹真国色，花开时节动京城。

乌衣巷

朱雀桥边野草花，乌衣巷口夕阳斜^{xiá}。

旧时王谢堂前燕，飞入寻常百姓家。

元和十一年自朗州召至京戏赠看花诸君子

紫陌红尘拂面来，无人不道看花回。

玄都观里桃千树，尽是刘郎去后栽。

酬乐天扬州初逢席上见赠

巴山楚水凄凉地，二十三年弃置身。

怀旧空吟闻笛赋，到乡翻似烂柯人。
kē

沉舟侧畔千帆过，病树前头万木春。

今日听君歌一曲，暂凭杯酒长精神。
zhǎng

西塞山怀古

王浚楼船下益州，金陵王气黯然收。

千寻铁锁沉江底，一片降幡出石头。

人世几回伤往事，山形依旧枕寒流。

而今四海为家日，故垒萧萧芦荻秋。

注："而今四海为家日"，《全唐诗》为"今逢四海为家日"。

菊花

秋丛绕舍似陶家，遍绕篱边日渐斜^{xiá}。

不是花中偏爱菊，此花开尽更无花。

■元稹（779—831），字微之，河南府（今河南洛阳）人。与白居易共同倡导新乐府运动，世称"元白"，诗作号为"元和体"。代表作有传奇《莺莺传》等，诗《菊花》《离思五首》《遣悲怀三首》等，存世有《元氏长庆集》等。

离思五首

其一

自爱残妆晓镜中，环钗漫篸^{zān}绿丝丛。

须臾日射胭脂颊，一朵红苏旋欲融。

其二

山泉散漫绕街流，万树桃花映小楼。

闲读道书慵未起，水晶帘下看梳头。

其三

红罗著压逐时新，吉了花纱嫩^{qū}麴尘。

第一莫嫌材地弱，些些^{pī màn}纰缦最宜人。

其四

曾经沧海难为水，除却巫山不是云。

取次花丛懒回顾，半缘修道半缘君。

其五

寻常百种花齐发，偏摘梨花与白人。

今日江头两三树，可怜和叶度残春。

遣悲怀三首

其一

谢公最小偏怜女，自嫁黔娄百事乖。

顾我无衣搜<ruby>荩箧<rt>jìn qiè</rt></ruby>，泥他沽酒拔金钗。

野蔬充膳甘长<ruby>藿<rt>huò</rt></ruby>，落叶添薪仰古槐。

今日俸钱过十万，与君营奠复营斋。

其二

昔日戏言身后意，今朝都到眼前来。

衣裳已施行看尽，针线犹存未忍开。

尚想旧情怜婢仆，也曾因梦送钱财。

诚知此恨人人有，贫贱夫妻百事哀。

其三

闲坐悲君亦自悲，百年都是几多时。

邓攸无子寻知命，潘岳悼亡犹费词。

同穴<ruby>窅<rt>yǎo</rt></ruby>冥何所望，他生缘会更难期。

唯将终夜长开眼，报答平生未展眉。

樱桃

石榴未拆梅犹小，爱此山花四五株。
斜日庭前风袅袅，碧油千片漏红珠。

纵游淮南

十里长街市井连，月明桥上看神仙。

人生只合扬州死，禅智山光好墓田。

金铜仙人辞汉歌

茂陵刘郎秋风客，夜闻马嘶晓无迹。

画栏桂树悬秋香，三十六宫土花碧。

魏官牵车指千里，东关酸风射眸子。

空将汉月出宫门，忆君清泪如铅水。

衰兰送客咸阳道，天若有情天亦老。

携盘独出月荒凉，渭城已远波声小。

■李贺（约791—约817），字长吉，河南福昌（今河南宜阳）人。家居福昌昌谷，后世称"李昌谷"。有"诗鬼"之称，诗作与李白、李商隐称为"唐代三李"。代表作有《雁门太守行》《金铜仙人辞汉歌》《李凭箜篌引》等，有《昌谷集》。

金缕衣

劝君莫惜金缕衣，劝君惜取少年时。

花开堪折直须折，莫待无花空折枝。

■杜秋娘（约791—？），原名杜秋，金陵（今江苏南京）人。原为镇海节度使李锜的侍妾，李锜叛乱被杀，杜秋没籍入宫，受到唐宪宗宠幸。唐穆宗时为太子保姆，太子废，即归金陵，穷老以终。善歌《金缕衣曲》。杜牧曾作《杜秋娘诗》。

忆扬州

萧娘脸下难胜泪，桃叶眉头易得愁。

天下三分明月夜，二分无赖是扬州。

■徐凝，生卒年均不详，睦州分水（今浙江桐庐）人。唐代诗人，明人有云："李白雄豪妙绝诗，同与徐凝传不朽。"代表作有《忆扬州》《七夕》《题开元寺牡丹》等。

泊秦淮

烟笼寒水月笼沙，夜泊秦淮近酒家。

商女不知亡国恨，隔江犹唱《后庭花》。

杜 牧

赤壁

折戟沉沙铁未销，自将磨洗认前^{cháo}朝。

东风不与周郎便，铜雀春深锁二乔。

过华清宫绝句三首

其一

长安回望绣成堆，山顶千门次第开。

一骑红尘妃子笑，无人知是荔枝来。

其二

新丰绿树起黄埃，数骑渔阳探使回。

《霓裳》一曲千峰上，舞破中原始下来。

其三

万国笙歌醉太平，倚天楼殿月分明。

云中乱拍禄山舞，风过重峦下笑声。

江南春

千里莺啼绿映红，水村山郭酒旗风。

南朝四百八十寺，多少楼台烟雨中。

清明

清明时节雨纷纷，路上行人欲断魂。

借问酒家何处有，牧童遥指杏花村。

山行

远上寒山石径斜，白云生处有人家。
停车坐爱枫林晚，霜叶红于二月花。

赠别二首

其一

piāng

娉娉袅袅十三余，豆蔻梢头二月初。

春风十里扬州路，卷上珠帘总不如。

其二

zūn

多情却似总无情，唯觉樽前笑不成。

蜡烛有心还惜别，替人垂泪到天明。

赠去婢

公子王孙逐后尘，绿珠垂泪滴罗巾。

侯门一入深如海，从此萧郎是路人。

■崔郊，唐元和间秀才。《全唐诗》中仅收录其一首诗，即《赠去婢》。

长安晚秋

云物凄凉拂曙流，汉家宫阙动高秋。

残星几点雁横塞，长笛一声人倚楼。

紫艳半开篱菊静，红衣落尽渚莲愁。

鲈鱼正美不归去，空戴南冠学楚囚。

■赵嘏（约806—约853），字承佑，楚州山阳（今江苏淮安）人。唐代诗人，代表作有《江楼感旧》《长安晚秋》等。

嫦娥

云母屏风烛影深，长河渐落晓星沉。
嫦娥应悔偷灵药，碧海青天夜夜心。

无题二首

其一

昨夜星辰昨夜风，画楼西畔桂堂东。

身无彩凤双飞翼，心有灵犀一点通。

隔座送钩春酒暖，分曹射覆蜡灯红。

嗟余听鼓应官去，走马兰台类转蓬。

其二

闻道阊门萼绿华，昔年相望抵天涯。

岂知一夜秦楼客，偷看吴王苑内花。

夜雨寄北

君问归期未有期，巴山夜雨涨秋池。
何当共剪西窗烛，却话巴山夜雨时。

锦瑟

锦瑟无端五十弦，一弦一柱思华年。

庄生晓梦迷蝴蝶，望帝春心托杜鹃。

沧海月明珠有泪，蓝田日暖玉生烟。

此情可待成追忆，只是当时已惘然。

无题·凤尾香罗薄几重

凤尾香罗薄几^{chóng}重，碧文圆顶夜深缝。

扇裁月魄羞难掩，车走雷声语未通。

曾是寂寥金烬暗，断无消息石榴红。

斑^{zhuī}骓只系垂杨岸，何处西南待好风？

注："何处西南待好风"，《全唐诗》为"何处西南任好风"。

无题·相见时难别亦难

相见时难别亦难，东风无力百花残。

春蚕到死丝方尽，蜡炬成灰泪始干。

晓镜但愁云鬓改，夜吟应觉月光寒。

蓬山此去无多路，青鸟殷勤为探看。

无题·重帏深下莫愁堂

zhòng wéi

重帏深下莫愁堂，卧后清宵细细长。

神女生涯原是梦，小姑居处本无郎。

风波不信菱枝弱，月露谁教桂叶香？

直道相思了无益，未妨惆怅是清狂。

黄巢

不第后赋菊

待到秋来九月八，我花开后百花杀。

冲天香阵透长安，满城尽带黄金甲。

■ 黄巢（820—884），曹州冤句（今山东菏泽西南）人。唐末农民起义领袖，曾建国号"大齐"，建元"金统"。代表作有《题菊花》《不第后赋菊》等。

赠项斯

几度见诗诗总好，及观标格过于诗。
平生不解藏人善，到处逢人说项斯。

■ 杨敬之，生卒年均不详，字茂孝，祖籍虢州弘农（今河南灵宝），安史之乱中
移家于吴（今江苏苏州）。以《赠项斯》一诗著名。

近试上张籍水部

洞房昨夜停红烛，待晓堂前拜舅姑。

妆罢低声问夫婿，画眉深浅入时无。

■ 朱庆馀，生卒年不详，名可久，字庆馀，以字行，越州（今浙江绍兴）人。
曾作《近试上张籍水部》作为参加进士考试的"通榜"，据说张籍读后大为赞
赏，并写诗赠答。代表作有《近试上张籍水部》《宫中词》等。

罗隐

嘲钟陵妓云英

钟陵醉别十余春，重见云英掌上身。
我未成名君未嫁，可能俱是不如人。

■ 罗隐（833—909），字昭谏，新城（今浙江杭州）人。唐末五代时期诗人、文
学家、思想家。代表作有《雪》《西施》《嘲钟陵妓云英》《筹笔驿怀古》等。

罗
隐

蜂

不论平地与山尖，无限风光尽被占。

采得百花成蜜后，为谁辛苦为谁甜。

寄蜀中薛涛校书

万里桥边女校书，枇杷花里闭门居。

扫眉才子知多少，管领春风总不如。

注：诗题"寄蜀中薛涛校书"，《全唐诗》为"赠薛涛"。

元日

爆竹声中一岁除，春风送暖入屠苏。
千门万户曈曈日，总把新桃换旧符。

明妃曲（其一）

明妃初出汉宫时，泪湿春风鬓脚垂。

低徊顾影无颜色，尚得君王不自持。

归来却怪丹青手，入眼平生未曾有。

意态由来画不成，当时枉杀毛延寿。

一去心知更不归，可怜着尽汉宫衣。

寄声欲问塞南事，只有年年鸿雁飞。

家人万里传消息，好在毡城莫相忆。

君不见咫尺长门闭阿娇，人生失意无南北。

明妃曲（其二）

明妃初嫁与胡儿，毡车百两皆胡姬。

含情欲语独无处，传与琵琶心自知。

黄金捍拨春风手，弹看飞鸿劝胡酒。

汉宫侍女暗垂泪，沙上行人却回首。

汉恩自浅胡自深，人生乐在相知心。

可怜青冢已芜没，尚有哀弦留至今。

惠崇春江晚景二首

其一

竹外桃花三两枝，春江水暖鸭先知。

蒌蒿满地芦芽短，正是河豚欲上时。

其二

两两归鸿欲破群，依依还似北归人。

遥知朔漠多风雪，更待江南半月春。

惠州一绝

罗浮山下四时春，卢橘杨梅次第新。

日啖荔枝三百颗，不辞长作岭南人。

世传徐凝《瀑布》诗云：一条界破青山色。至为尘陋。又伪作乐天诗称美此句，有"赛不得"之语。乐天虽涉浅易，然岂至是哉！乃戏作一绝

帝遣银河一派垂，古来惟有谪仙词。

飞流溅沫知多少，不与徐凝洗恶诗。

题西林壁

横看成岭侧成峰，远近高低各不同。

不识庐山真面目，只缘身在此山中。

饮湖上初晴后雨二首

其一

朝曦迎客艳重冈，晚雨留人入醉乡。

此意自佳君不会，一杯当属水仙王。

其二

水光潋滟晴方好，山色空濛雨亦奇。

欲把西湖比西子，淡妆浓抹总相宜。

於潜僧绿筠轩

可使食无肉，不可居无竹。

无肉令人瘦，无竹令人俗。

人瘦尚可肥，士俗不可医。

旁人笑此言，似高还似痴。

若对此君仍大嚼，世间那有扬州鹤？

狱中寄子由二首

一

圣主如天万物春，小臣愚暗自亡身。

百年未满先偿债，十口无归更累人。

是处青山可埋骨，他时夜雨独伤神。

与君今世为兄弟，又结来生未了因。

二

柏台霜气夜凄凄，风动琅珰月向低。

梦绕云山心似鹿，魂惊汤火命如鸡。

眼中犀角真吾子，身后牛衣愧老妻。

百岁神游定何处？桐乡知葬浙江西。

注：诗题又为"予以事系御史台狱，狱吏稍见侵，自度不能堪，死狱中，不得一
别子由，故作二诗授狱卒梁成，以遗子由，二首"。

正月二十日与潘、郭二生出郊寻春，忽记去年是日同至女王城作诗，乃和前韵

东风未肯入东门，走马还寻去岁村。

人似秋鸿来有信，事如春梦了无痕。

江城白酒三杯酽，野老苍颜一笑温。

已约年年为此会，故人不用赋《招魂》。

病起荆江亭即事十首

其一

翰墨场中老伏波，菩提坊里病维摩。

近人积水无鸥鹭，时有归牛浮鼻过。

其二

维摩老子五十七，大圣天子初元年。

传闻有意用幽侧，病着不能朝日边。

其三

禁中夜半定天下，仁风义气彻修门。

十分整顿乾坤了，复辟归来道更尊。

其四

成王小心似文武，周召何妨略不同。

不须要出我门下，实用人材即至公。

其五

司马丞相昔登庸，诏用元老超群公。

杨绾^{wǎn}当朝天下喜，断碑零落卧秋风。

其六
死者已死黄雾中，三事不数两苏公。
岂谓高才难驾御，空归万里白头翁。

其七
文章韩杜无遗恨，草诏陆贽倾诸公。
玉堂端要真学士，须得儋^{dān}州秃鬓翁。

其八
闭门觅句陈无己，对客挥毫秦少游。
正字不知温饱未？西风吹泪古藤州！

其九
张子耽酒语蹇^{jiǎn}吃，闻道颍州又陈州。
形模弥勒一布袋，文字江河万古流。

其十
鲁中狂士邢尚书，本意扶日上天衢。
惇^{dūn}夫若在镌此老，不令平地生崎岖。

■ 黄庭坚（1045—1105），字鲁直，号"山谷道人"，晚号"涪翁"，洪州分宁（今江西修水）人。北宋著名文学家、书法家，江西诗派开山之祖，与杜甫、陈师道和陈与义有"一祖三宗"（黄庭坚为其中一宗）之称，与张耒、晁补之、秦观合称为"苏门四学士"，生前与苏轼并称"苏黄"。诗作代表作有《登快阁》《牧童诗》《清明》《新竹》《病起荆江亭即事》等。

牧童

骑牛远远过前村，短笛风斜隔垄闻。

多少长安名利客，机关用尽不如君。

登快阁

痴儿了却公家事，快阁东西倚晚晴。
落木千山天远大，澄江一道月分明。
朱弦已为佳人绝，青眼聊因美酒横。
万里归船弄长笛，此心吾与白鸥盟。

戏呈孔毅父

管城子无食肉相，孔方兄有绝交书。

文章功用不经世，何异丝窠^{kē}缀露珠。

校^{jiào}书著作频诏除，犹能上车问何如。

忽忆僧床同野饭，梦随秋雁到东湖。

十一月四日风雨大作二首

其一

风卷江湖雨暗村，四山声作海涛翻。

溪柴火软蛮毡暖，我与狸奴不出门。

其二

僵卧孤村不自哀，尚思为国戍轮台。

夜阑卧听风吹雨，铁马冰河入梦来。

■ 陆游（1125—1210），字务观，号"放翁"，山阴（今浙江绍兴）人。南宋文学家、史学家、爱国诗人。"辛派词人"的中坚人物，与尤袤、杨万里、范成大合称"中兴四大诗人"，又称"南宋四大家"。代表词作有《诉衷情·当年万里觅封侯》《卜算子·咏梅》《钗头凤·红酥手》等，诗作有《十一月四日风雨大作二首》等。著有《剑南诗稿》《渭南文集》《南唐书》等。

小池

泉眼无声惜细流，树阴照水爱晴柔。

小荷才露尖尖角，早有蜻蜓立上头。

■ 杨万里（1127—1206），字廷秀，号"诚斋"，吉州吉水（今江西吉水）人。南宋著名文学家、诗人，诗文创作创"诚斋体"，"南宋四大家""中兴四大诗人"之一。因宋光宗曾为其亲书"诚斋"二字，故学者称其为"诚斋先生"。有《诚斋集》《杨文节公诗集》《诚斋诗话》等。

晓出净慈送林子方

毕竟西湖六月中，风光不与四时同。
接天莲叶无穷碧，映日荷花别样红。

朱
熹

春日

胜日寻芳泗水滨，无边光景一时新。
等闲识得东风面，万紫千红总是春。

■ 朱熹（1130—1200），字元晦，又字仲晦，号"晦庵"，晚称"晦翁"，谥
"文"，世称"朱文公"，祖籍徽州婺源（今江西婺源），出生于南剑州尤溪
（今属福建尤溪）。南宋著名理学家、思想家、哲学家、教育家、诗人，闽
学派的代表人物，儒学集大成者，与二程（程颢、程颐）合称"程朱学派"。
著作有《四书章句集注》《太极图说解》《周易本义》《楚辞集注》，后人辑有
《朱子大全》等。

约客

黄梅时节家家雨，青草池塘处处蛙。

有约不来过夜半，闲敲棋子落灯花。

■ 赵师秀（1170—1219），字紫芝，亦称灵芝，号"灵秀""天乐"，永嘉（今浙江温州）人。南宋诗人，为"永嘉四灵"中较出色的诗人，诗学姚合、贾岛，尊姚、贾为"二妙"，人称"鬼才"，开创了"江湖诗派"一代诗风。代表作有《约客》《数日》等。

游园不值

应怜屐齿印苍苔，小叩柴门久不开。

春色满园关不住，一枝红杏出墙来。

■ 叶绍翁，字嗣宗，号靖逸，龙泉（今浙江龙泉）人。南宋中期文学家、诗人，
"江湖诗派"诗人，以七言绝句最佳。代表作有《游园不值》《夜书所见》等，
著有诗集《靖逸小集》及《四朝闻见录》等。

挽文山丞相

徒把金戈挽落晖，南冠无奈北风吹。

子房本为韩仇出，诸葛宁知汉祚(zuò)移。

云暗鼎湖龙去远，月明华表鹤归迟。

不须更上新亭望，大不如前洒泪时。

■ 虞集（1272—1348），字伯生，号"道园""邵庵"，蜀郡仁寿（今属四川）
人。元成宗大德初年被荐入仕，文宗时官至奎章阁侍书学士。虞集是"元诗
四大家"之一（另外三位是杨载、范梈、揭傒斯），擅长律诗，五律、七律格
律严谨、用事恰切、意境浑融。有《道园学古录》等。

圆圆曲

鼎湖当日弃人间，破敌收京下玉关。
恸哭六军俱缟素，冲冠一怒为红颜。
红颜流落非吾恋，逆贼天亡自荒宴。
电扫黄巾定黑山，哭罢君亲再相见。
相见初经田窦家，侯门歌舞出如花。
许将戚里箜篌伎，等取将军油壁车。
家本姑苏浣花里，圆圆小字娇罗绮。
梦向夫差苑里游，宫娥拥入君王起。
前身合是采莲人，门前一片横塘水。
横塘双桨去如飞，何处豪家强载归？
此际岂知非薄命，此时只有泪沾衣。
熏天意气连宫掖，明眸皓齿无人惜。
夺归永巷闭良家，教就新声倾坐客。
坐客飞觞红日暮，一曲哀弦向谁诉？
白皙通侯最少年，拣取花枝屡回顾。
早携娇鸟出樊笼，待得银河几时渡？
恨杀军书底死催，苦留后约将人误。
相约恩深相见难，一朝蚁贼满长安。
可怜思妇楼头柳，认作天边粉絮看。
遍索绿珠围内第，强呼绛树出雕栏。

243

若非壮士全师胜，争得蛾眉匹马还？
蛾眉马上传呼进，云鬟不整惊魂定。
蜡炬迎来在战场，啼妆满面残红印。
专征箫鼓向秦川，金牛道上车千乘。
斜谷云深起画楼，散关月落开妆镜。
传来消息满江乡，乌桕红经十度霜。
教曲妓师怜尚在，浣纱女伴忆同行。
旧巢共是衔泥燕，飞上枝头变凤凰。
长向尊前悲老大，有人夫婿擅侯王。
当时只受声名累，贵戚名豪竞延致。
一斛珠连万斛愁，关山漂泊腰肢细。
错怨狂风扬落花，无边春色来天地。
尝闻倾国与倾城，翻使周郎受重名。
妻子岂应关大计，英雄无奈是多情。
全家白骨成灰土，一代红妆照汗青。
君不见馆娃初起鸳鸯宿，越女如花看不足。
香径尘生乌自啼，屟廊人去苔空绿。
换羽移宫万里愁，珠歌翠舞古梁州。
为君别唱吴宫曲，汉水东南日夜流！

■ 吴伟业（1609—1671），字骏公，号"梅村"，太仓（今江苏太仓）人。为诗取
 法唐代元、白诸家，尤擅七言歌行，内容多叙事写人，将人物命运置于重大历
 史背景中，以映照兴衰，抒发故国情怀和身世之感。后人称之为"梅村体"。
 赵翼评其"不得不为近代中之大家"（《瓯北诗话》）。有《梅村家藏稿》。

己亥杂诗（其一百二十五）

九州生气恃风雷，万马齐喑究可哀。

我劝天公重抖擞，不拘一格降人才。

■ 龚自珍（1792—1841），字璱人，号"定庵"，仁和（今浙江杭州）人。晚年
居住昆山羽琌山馆，又号"羽琌山民"。清代思想家、诗人、文学家和改良
主义的先驱者。诗文主张"更法""改图"，洋溢着爱国热情，被柳亚子誉为
"三百年来第一流"。著有《定庵文集》，今人辑为《龚自珍全集》。著名诗作
《己亥杂诗》共 350 首，多咏怀和讽喻之作。

夜坐二首

其一

春夜伤心坐画屏，不如放眼入青冥。

一山突起丘陵炉，万籁无言帝座灵。

塞上似腾奇女气，江东久殒少微星。

从来不蓄湘累问，唤出嫦娥诗与听。

其二

沉沉心事北南东，一睨^{nì}人材海内空。

壮岁始参周史席，髫^{tiáo}年惜堕晋贤风。

功高拜将成仙外，才尽回肠荡气中。

万一禅关砉^{huā}然破，美人如玉剑如虹。

出嘉峪关感赋

严关百尺界天西，万里征人驻马蹄。

飞阁遥连秦树直，缭垣斜压陇云低。

天山巉削摩肩立，瀚海苍茫入望迷。
chán

谁道崤函千古险？回看只见一丸泥。
xiáo

■ 林则徐（1785—1850），福建侯官（今福建福州）人，字元抚，又字少穆、石麟，晚号"俟村老人""俟村退叟""七十二峰退叟""瓶泉居士""栎社散人"等，清朝著名的政治家、思想家和诗人，民族英雄。主张严禁鸦片，力抗西方入侵，但对于西方的文化、科技和贸易则持开放态度，主张学其优而用之。翻译论著《海国图志》，诗作有《试帖诗稿》《使滇吟草》《拜石山房诗草》《黑头公集》等。

程玉樵方伯德润饯予于兰州藩廨之若己有园

我无长策靖蛮氛，愧说楼船练水军。

闻道狼贪今渐戢，须防蚕食念犹纷。

白头合对天山雪，赤手谁摩岭海云？

多谢新诗赠珠玉，难禁伤别杜司勋。

赴戍登程，口占示家人

力微任重^{zhòng}久神疲，再竭衰庸定不支。

苟利国家生死以，岂因祸福避趋之。

谪居正是君恩厚，养拙刚于戍卒宜。

戏与山妻谈故事，试吟断送老头皮。

对酒

不惜千金买宝刀，貂裘换酒也堪豪。

一腔热血勤珍重，洒去犹能化碧涛。

■ 秋瑾（1875—1907），祖籍浙江山阴（今绍兴），出生于福建云霄紫阳书院
（七先生祠）。我国女权和女学思想的倡导者，近代民主革命志士。有《秋瑾
诗词》《秋女士遗稿》《秋瑾集》等。

日人石井君索和即用原韵

漫云女子不英雄，万里乘风独向东。

诗思一帆海空阔，梦魂三岛月玲珑。

铜驼已陷悲回首，汗马终惭未有功。

如许伤心家国恨，那堪客里度春风。

词

菩萨蛮·平林漠漠烟如织

平林漠漠烟如织，寒山一带伤心碧。

暝色入高楼，有人楼上愁。

玉阶空伫立，宿鸟归飞急。

何处是归程？长亭更短亭。

忆江南词三首

其一

江南好，风景旧曾谙。日出江花红胜火，春来江水绿如
蓝。能不忆江南。

其二

江南忆，最忆是杭州。山寺月中寻桂子，郡亭枕上看潮
头。何日更重游。

其三

江南忆，其次忆吴宫。吴酒一杯春竹叶，吴娃双舞醉芙
蓉。早晚复相逢。

菩萨蛮·小山重叠金明灭

小山重叠金明灭，鬓云欲度香腮雪。

懒起画蛾眉，弄妆梳洗迟。

照花前后镜，花面交相映。

新帖绣罗襦，双双金鹧鸪。

菩萨蛮·蕊黄无限当山额

蕊黄无限当山额，宿妆隐笑纱窗隔。

相见牡丹时，暂来还别离。

翠钗金作股，钗上蝶双舞。

心事竟谁知，月明花满枝。

李煜

浪淘沙·帘外雨潺潺

帘外雨潺潺，春意阑珊。

罗衾不耐五更寒。

梦里不知身是客，一晌贪欢。

独自莫凭栏，无限江山。

别时容易见时难。

流水落花春去也，天上人间。

■ 李煜（937—978），初名从嘉，字重光，号"钟隐""莲峰居士"，生于金陵（今江苏南京），祖籍彭城（今江苏铜山），五代南唐最后一位国君。精书法，工绘画，通音律，诗文均有一定造诣，尤以词成就最高。词继承晚唐以来温庭筠、韦庄等"花间派"传统，亡国后词作含意深沉，对后世词坛影响深远。有《南唐二主词》传世。

相见欢·林花谢了春红

林花谢了春红，太匆匆。无奈朝来寒雨晚来风。

胭脂泪，相留醉，几时重。自是人生长恨水长东。

相见欢·无言独上西楼

无言独上西楼，月如钩。寂寞梧桐深院锁清秋。

剪不断，理还乱，是离愁。别是一般滋味在心头。

虞美人·春花秋月何时了

春花秋月何时了，往事知多少。小楼昨夜又东风，故国不堪回首月明中。

雕栏玉砌应犹在，只是朱颜改。问君能有几多愁，恰似一江春水向东流。

蝶恋花·伫倚危楼风细细

伫倚危楼风细细，望极春愁，黯^{àn}黯生天际。草色烟光残照里，无言谁会凭阑意。

拟把疏狂图一醉，对酒当歌，强乐还无味。衣带渐宽终不悔，为伊消得人憔悴。

■ 柳永（约984—约1060），原名三变，后改名永，字耆卿，因排行第七，又称柳七，崇安（今属福建）人。以屯田员外郎致仕，故世称"柳屯田"。北宋著名词人，"婉约派"代表人物。代表作有《雨霖铃·寒蝉凄切》《蝶恋花·伫倚危楼风细细》《望海潮·重湖叠巘清嘉》《八声甘州·对潇潇暮雨洒江天》《玉蝴蝶·渐觉芳郊明媚》《定风波·伫立长堤》《鹧鸪天·吹破残烟入夜风》等，存世词作有《乐章集》。

望海潮·东南形胜

东南形胜，三吴都会，钱塘自古繁华，烟柳画桥，风帘
翠幕，参差十万人家。云树绕堤沙，怒涛卷霜雪，天堑
无涯。市列珠玑，户盈罗绮，竞豪奢。

重湖叠^{yǎn}巘清嘉，有三秋桂子，十里荷花。羌管弄晴，菱
歌泛夜，嬉嬉钓叟莲娃。千骑拥高牙。乘醉听箫鼓，吟
赏烟霞。异日图将好景，归去凤池夸。

雨霖铃·寒蝉凄切

寒蝉凄切，对长亭晚，骤雨初歇。都门帐饮无绪，留恋处、兰舟催发。执手相看泪眼，竟无语凝噎^{níng yē}。念去去、千里烟波，暮霭^{ǎi}沉沉楚天阔。

多情自古伤离别，更那堪、冷落清秋节。今宵酒醒何处？杨柳岸、晓风残月。此去经年，应是良辰、好景虚设。便纵有、千种风情，更与何人说？

渔家傲·秋思

塞下秋来风景异，衡阳雁去无留意。四面边声连角起，千嶂里，长烟落日孤城闭。

浊酒一杯家万里，燕然未勒归无计。羌管悠悠霜满地，人不寐，将军白发征夫泪。

■ 范仲淹（989—1052），字希文，吴县（今江苏苏州）人。北宋杰出的思想家、政治家、文学家，卒赠兵部尚书、楚国公，谥"文正"，世称"范文正公"。代表作有《渔家傲·秋思》《调笑令·胡马》《苏幕遮·怀旧》《御街行·秋日怀旧》等，存世著作有《范文正公文集》。

蝶恋花·槛菊愁烟兰泣露

槛菊愁烟兰泣露，罗幕轻寒，燕子双飞去。
明月不谙离恨苦，斜光到晓穿朱户。

昨夜西风凋碧树，独上高楼，望尽天涯路。
欲寄彩笺兼尺素，山长水阔知何处。

■ 晏殊（991—1055），字同叔，临川（今江西抚州）人。北宋著名文学家、政
治家，封临淄公，谥"元献"，世称"晏元献"。以词著于文坛，尤擅小令，
风格含蓄婉丽，与其子晏几道，被称为"大晏"和"小晏"，又与欧阳修并称
"晏欧"；亦工诗善文，原有集，已散佚。代表作有《浣溪沙·一曲新词酒一
杯》《蝶恋花·槛菊愁烟兰泣露》《木兰花·燕鸿过后莺归去》《木兰花·玉楼
朱阁横金锁》等，存世有《珠玉词》《晏元献遗文》等。

浣溪沙·一曲新词酒一杯

一曲新词酒一杯，去年天气旧亭台，夕阳西下几时回？

无可奈何花落去，似曾相识燕归来，小园香径独徘徊。

玉楼春·春景

东城渐觉风光好。縠皱波纹迎客棹。绿杨烟外晓寒轻，
红杏枝头春意闹。

浮生长恨欢娱少。肯爱千金轻一笑。为君持酒劝斜阳，
且向花间留晚照。

■ 宋祁（998—1061），字子京，小字选郎，祖籍安陆（今湖北安陆），高祖父
宋绅徙居雍丘（今河南杞县），遂为雍丘人。北宋著名文学家、史学家、词
人，与兄宋庠并有文名，时称"二宋"。诗词语言工丽，因《玉楼春》词中有
"红杏枝头春意闹"句，世称"红杏尚书"。

蝶恋花·庭院深深深几许

庭院深深深几许。杨柳堆烟，帘幕无重数。玉勒雕鞍游冶处，楼高不见章台路。

雨横风狂三月暮。门掩黄昏，无计留春住。泪眼问花花不语，乱红飞过秋千去。

■ 欧阳修（1007—1072），字永叔，号"醉翁""六一居士"，吉州永丰（今属江西）人。北宋政治家、文学家，为最早开创一代文风的文坛领袖，领导了北宋的诗文革新运动，为"唐宋八大家"之一，与苏轼并称"欧苏"。词作主要有《蝶恋花·庭院深深深几许》《生查子·元夕》《采桑子·群芳过后西湖好》等；诗作主要有《戏答元珍》《题滁州醉翁亭》《忆滁州幽谷》《画眉鸟》等；曾主修《新唐书》，并独撰《新五代史》，有《欧阳文忠集》传世。

生查子·元夕

去年元夜时，花市灯如昼。月到柳梢头，人约黄昏后。

今年元夜时，月与灯依旧。不见去年人，泪湿春衫袖。

玉楼春·樽前拟把归期说

樽前拟把归期说，未语春容先惨咽。人生自是有情痴，此恨不关风与月。

离歌且莫翻新阕，一曲能教肠寸结。直须看尽洛阳花，始共春风容易别。

蝶恋花·春景

花褪^{tuì}残红青杏小。燕子飞时，绿水人家绕。枝上柳绵吹又少，天涯何处无芳草。

墙里秋千墙外道。墙外行人，墙里佳人笑。笑渐不闻声渐悄，多情却被无情恼。

■ 苏轼（1037—1101），字子瞻，号"东坡居士"，世称"苏东坡""苏仙"，眉山（今属四川眉山）人。北宋著名文学家、书法家、画家，与黄庭坚并称"苏黄"；其词开豪放一派，与辛弃疾同是豪放派代表，并称"苏辛"；其散文著述宏富，豪放自如，与欧阳修并称"欧苏"，为"唐宋八大家"之一。词作主要有《江城子·十年生死两茫茫》《水调歌头·明月几时有》《蝶恋花·春景》《江城子·密州出猎》等，诗作主要有《赤壁赋》《后赤壁赋》《春宵》《海棠》《和子由渑池怀旧》《惠崇春江晚景》《题西林壁》等，有《东坡七集》《东坡易传》《东坡乐府》等传世。

定风波·莫听穿林打叶声

　　三月七日，沙湖道中遇雨。雨具先去，同行皆狼狈，余独不觉，已而遂晴，故作此词。

莫听穿林打叶声，何妨吟啸且徐行。竹杖芒鞋轻胜马，谁怕？一蓑烟雨任平生。

料峭春风吹酒醒，微冷，山头斜照却相迎。回首向来萧瑟处，归去，也无风雨也无晴。

浣溪沙·簌簌衣巾落枣花

簌簌衣巾落枣花，村南村北响缫车。牛衣古柳卖黄瓜。

酒困路长惟欲睡，日高人渴漫思茶。敲门试问野人家。

江城子·密州出猎

老夫聊发少年狂。左牵黄，右擎苍。锦帽貂裘，千骑卷平冈。为报倾城随太守，亲射虎，看孙郎。

酒酣胸胆尚开张。鬓微霜，又何妨？持节云中，何日遣冯唐？会挽雕弓如满月，西北望，射天狼。

江城子·十年生死两茫茫

十年生死两茫茫。不思量，自难忘。千里孤坟，无处话凄凉。纵使相逢应不识，尘满面，鬓如霜。

夜来幽梦忽还乡。小轩窗，正梳妆。相顾无言，惟有泪千行。料得年年肠断处，明月夜，短松冈。

水龙吟·次韵章质夫《杨花词》

似花还似非花，也无人惜从教坠。抛家傍路，思量却是，无情有思。萦损柔肠，困酣娇眼，欲开还闭。梦随风万里，寻郎去处，又还被、莺呼起。

不恨此花飞尽，恨西园、落红难缀。晓来雨过，遗踪何在？一池萍碎。春色三分，二分尘土，一分流水。细看来，不是杨花点点，是离人泪。

水调歌头·明月几时有

丙辰中秋，欢饮达旦，大醉，作此篇兼怀子由。

明月几时有，把酒问青天。不知天上宫阙，今夕是何年。我欲乘风归去，又恐琼楼玉宇，高处不胜寒。起舞弄清影，何似在人间。

转朱阁，低绮户，照无眠。不应有恨，何事长向别时圆。人有悲欢离合，月有阴晴圆缺，此事古难全。但愿人长久，千里共婵娟。

卜算子·我住长江头

我住长江头，君住长江尾。日日思君不见君，共饮长江水。

此水几时休，此恨何时已。只愿君心似我心，定不负相思意。

■ 李之仪（？—1117），字端叔，自号"姑溪老农"，沧州无棣（今属山东）人。北宋词人。其词长调近柳永，短调近秦观。著有《姑溪词》《姑溪居士前集》《姑溪题跋》。

千秋岁·水边沙外

水边沙外，城郭春寒退。花影乱，莺声碎。飘零疏酒盏，
离别宽衣带。人不见，碧云暮合空相对。

忆昔西池会，鵷鹭同飞盖。携手处，今谁在。日边清梦
断，镜里朱颜改。春去也，飞红万点愁如海。

■ 秦观（1049—1100），字少游，一字太虚，号"淮海居士"，高邮（今属江
苏）人。北宋文学家、词人，被尊为"婉约派"一代词宗，与黄庭坚、晁补
之、张耒号称为"苏门四学士"。词作代表作品有《望海潮》《沁园春》《水龙
吟》《千秋岁》《鹊桥仙》等，诗作有《秋日》《纳凉》《春日》《次韵太守向公
登楼眺望二首》等，有《淮海集》《淮海居士长短句》存世。

鹊桥仙·纤云弄巧

纤云弄巧，飞星传恨，银汉迢迢暗度。金风玉露一相逢，便胜却、人间无数。

柔情似水，佳期如梦，忍顾鹊桥归路。两情若是久长时，又岂在、<ruby>朝<rt>zhāo</rt></ruby>朝暮暮。

青玉案·凌波不过横塘路

凌波不过横塘路，但目送、芳尘去。锦瑟华年谁与度？
月台花榭，琐窗朱户，只有春知处。

碧云冉冉蘅^{héng}皋暮，彩笔新题断肠句。试问闲愁都几许？
一川烟草，满城风絮，梅子黄时雨。

■ 贺铸（1052—1125），字方回，又名贺三愁，人称"贺梅子""贺鬼头"，自
号"庆湖遗老"，祖籍山阴（今浙江绍兴），出生于卫州（今河南汲县）。北
宋词人，能诗文，尤长于词，兼"豪放""婉约"二派之长。代表作有《青玉
案》《鹧鸪天》《木兰花》《减字木兰花》《南乡子》《南歌子》等。

菩萨蛮·风柔日薄春犹早

风柔日薄春犹早，夹衫乍著心情好。睡起觉微寒，梅花鬓上残。

故乡何处是。忘了除非醉。沉水卧时烧，香消酒未消。

如梦令·常记溪亭日暮

常记溪亭日暮，沉醉不知归路。兴尽晚回舟，误入藕花深处。争渡，争渡，惊起一滩鸥鹭。

如梦令·昨夜雨疏风骤

昨夜雨疏风骤，浓睡不消残酒。试问卷帘人，却道海棠依旧。知否？知否？应是绿肥红瘦。

武陵春·春晚

风住尘香花已尽，日晚倦梳头。物是人非事事休，欲语泪先流。

闻说双溪春尚好，也拟泛轻舟。只恐双溪舴^{zé měng}艋舟，载不动、许多愁。

一剪梅·红藕香残玉簟秋

红藕香残玉簟秋。轻解罗裳，独上兰舟。云中谁寄锦书来，雁字回时，月满西楼。

花自飘零水自流。一种相思，两处闲愁。此情无计可消除，才下眉头，却上心头。

永遇乐·落日熔金

落日熔金，暮云合璧，人在何处。染柳烟浓，吹梅笛怨，春意知几许。元宵佳节，融和天气，次第岂无风雨。来相召、香车宝马，谢他酒朋诗侣。

中州盛日，闺门多暇，记得偏重三五。铺翠冠儿，捻金雪柳，簇^{cù}带争济楚。如今憔悴，风鬟霜鬓，怕见夜间出去。不如向、帘儿底下，听人笑语。

醉花阴·重阳

薄雾浓云愁永昼，瑞脑销金兽。佳节又重阳，玉枕纱厨，半夜凉初透。

东篱把酒黄昏后，有暗香盈袖。莫道不销魂，帘卷西风，人比黄花瘦。

满江红·写怀

怒发冲冠，凭栏处、潇潇雨歇。抬望眼、仰天长啸，壮怀激烈。三十功名尘与土，八千里路云和月。莫等闲、白了少年头，空悲切。

靖康耻，犹未雪。臣子恨，何时灭。驾长车，踏破贺兰山缺。壮志饥餐胡虏肉，笑谈渴饮匈奴血。待从头、收拾旧山河，朝^{cháo}天阙。

■ 岳飞（1103—1141），字鹏举，相州汤阴（今河南汤阴）人。南宋抗金名将，军事家、战略家，与刘光世、韩世忠、张俊并称宋"中兴四将"。南宋孝宗时，追谥"武穆"，后又追谥"忠武"，封鄂王。代表作主要有《满江红·写怀》《小重山·昨夜寒蛩不住鸣》等。

卜算子·咏梅

驿外断桥边，寂寞开无主。已是黄昏独自愁，更著风和雨。

无意苦争春，一任群芳妒。零落成泥碾作尘，只有香如故。

丑奴儿·书博山道中壁

少年不识愁滋味，爱上层楼。爱上层楼，为赋新词强说愁。

而今识尽愁滋味，欲说还休。欲说还休，却道天凉好^{hǎo}个秋。

■ 辛弃疾（1140—1207），字幼安，号"稼轩"，历城（今山东济南）人。卒赠少师，谥"忠敏"。南宋"豪放派"词人、将领，有"词中之龙"之称。与苏轼合称"苏辛"，与李清照并称"济南二安"。著名词作《丑奴儿·书博山道中壁》《水龙吟·登建康赏心亭》《永遇乐·京口北固亭怀古》《破阵子·为陈同甫赋壮语以寄》《南乡子·登京口北固亭有怀》《西江月·夜行黄沙道中》等，现存词六百多首，有词集《稼轩长短句》等传世。

汉宫春·立春日

春已归来，看美人头上，袅袅春幡。无端风雨，未肯收尽余寒。年时燕子，料今宵、梦到西园。浑未办、黄柑荐酒，更传青韭堆盘？

却笑东风，从此便薰梅染柳，更没些闲。闲时又来镜里，转变朱颜。清愁不断，问何人、会解连环？生怕见、花开花落，朝来塞雁先还。

南乡子·登京口北固亭有怀

何处望神州，满眼风光北固楼。千古兴亡多少事，悠悠。不尽长江滚滚流。

年少万兜^{dōu móu}鍪，坐断东南战未休。天下英雄谁敌手？曹刘。生子当如孙仲谋。

破阵子·为陈同甫赋壮语以寄

醉里挑灯看剑，梦回吹角连营。八百里分麾下炙，五十弦翻塞外声。沙场秋点兵。

马作的卢飞快，弓如霹雳弦惊。了却君王天下事，赢得生前身后名。可怜白发生。

青玉案·元夕

东风夜放花千树。更吹落、星如雨。宝马雕车香满路。凤箫声动，玉壶光转，一夜鱼龙舞。

蛾儿雪柳黄金缕。笑语盈盈暗香去。众里寻他千百度。蓦然回首，那人却在，灯火阑珊处。

水龙吟·登建康赏心亭

楚天千里清秋，水随天去秋无际。遥岑远目，献愁供恨，玉簪螺髻。落日楼头，断鸿声里，江南游子。把吴钩看了，栏杆拍遍，无人会，登临意。

休说鲈鱼堪脍，尽西风、季鹰归未？求田问舍，怕应羞见，刘郎才气。可惜流年，忧愁风雨，树犹如此。倩何人唤取，红巾翠袖，揾英雄泪。

西江月·夜行黄沙道中

明月别枝惊鹊，清风半夜鸣蝉。稻花香里说丰年，听取蛙声一片。

七八个星天外，两三点雨山前。旧时茅店社林边，路转溪桥忽见。

暗香

辛亥之冬，予载雪诣石湖。止既月，授简索句，且征新声。作此两曲，石湖把玩不已，使二妓肄习之，音节谐婉，乃名之曰《暗香》《疏影》。

旧时月色，算几番照我，梅边吹笛。唤起玉人，不管清寒与攀摘。何逊而今渐老，都忘却、春风词笔。但怪得、竹外疏花，香冷入瑶席。

江国，正寂寂。叹寄与路遥，夜雪初积。翠尊易泣，红萼无言耿相忆。长记曾携手处，千树压、西湖寒碧。又片片、吹尽也，几时见得。

■ 姜夔（1154—1221），字尧章，号"白石道人"，饶州鄱阳（今江西鄱阳）人。南宋文学家、音乐家。代表作有《暗香》《疏影》《满江红》《秋宵吟》《雪中访石湖》等，著有有《白石道人歌曲》《白石道人诗集》《诗说》《绛帖平》《续书谱》和琴曲《古怨》等。

疏影

　　辛亥之冬，予载雪诣石湖。止既月，授简索句，且征新声，作此两曲，石湖把玩不已，使二妓肄习之，音节谐婉，乃名之曰《暗香》《疏影》。

苔枝缀玉，有翠禽小小，枝上同宿。客里相逢，篱角黄昏，无言自倚修竹。昭君不惯胡沙远，但暗忆、江南江北。想佩环、月夜归来，化作此花幽独。

犹记深宫旧事，那人正睡里，飞近蛾绿。莫似春风，不管盈盈，早与安排金屋。还教一片随波去，又却怨、玉龙哀曲。等恁时、重觅幽香，已入小窗横幅。

摸鱼儿·雁丘词

乙丑岁赴试并州，道逢捕雁者云："今日获一雁，杀之矣。其脱网者悲鸣不能去，竟自投于地而死。"予因买得之，葬之汾水之上，累石为识，号曰"雁丘"。时同行者多为赋诗，予亦有《雁丘词》。旧所无宫商，今改定之。

问世间、情是何物，直教生死相许。天南地北双飞客，老翅几回寒暑。欢乐趣，别离苦。是中更有痴儿女，君应有语：渺万里层云，千山暮景，只影为谁去？

横汾路，寂寞当年箫鼓。荒烟依旧平楚，招魂楚些何嗟及，山鬼自啼风雨。天也妒，未信与、莺儿燕子俱黄土。千秋万古，为留待骚人，狂歌痛饮，来访雁丘处。

■ 元好问（1190—1257），字裕之，号"遗山"，太原秀容（今山西忻州）人。三十二岁登进士第，曾任南阳等县县令，后入朝任右司都事等职。金亡，被元兵押解到聊城，后回到家乡从事著述。元好问是金代最杰出的诗人，其诗风雄浑苍莽，气象阔大，"挟幽并之气，高视一世"（郝经《遗山先生墓志铭》）。同时，他也是杰出的诗论家，在古代文学批评史上占有重要地位。有《遗山集》等。

杨慎

临江仙·滚滚长江东逝水

滚滚长江东逝水，浪花淘尽英雄。是非成败转头空。青山依旧在，几度夕阳红。

白发渔樵^{qiáo}江渚^{zhǔ}上，惯看秋月春风。一壶浊酒喜相逢。古今多少事，都付笑谈中。

■ 杨慎（1488—1559），字用修，号"月溪""升庵""逸史氏""博南山人""洞天真逸""滇南戍史"等，四川新都（今成都新都区）人，祖籍庐陵。明代著名文学家，"明代三才子"之首，东阁大学士杨廷和之子。能文、词及散曲，论古考证之作范围颇广。著作达四百余种，后人辑为《升庵集》。

蝶恋花·辛苦最怜天上月

辛苦最怜天上月。一昔如环，昔昔都成玦（jué）。若似月轮终皎洁，不辞冰雪为卿热。

无那（nuò）尘缘容易绝。燕子依然，软踏帘钩说。唱罢秋坟愁未歇，春丛认取双栖蝶。

■ 纳兰性德（1655—1685），原名成德，字容若，号"楞伽山人"，满洲正黄旗人。大学士明珠长子。康熙十五年（1676）进士，官至一等侍卫。他工于诗、词，论诗主才学，论词主情致。其词长于小令，风格清新婉丽，不事雕琢。有《纳兰词》《通志堂集》等。

长相思·山一程

山一程，水一程，身向榆关那畔行，夜深千帐灯。

风一更，雪一更，聒碎乡心梦不成，故园无此声。
^{guō}